Un Très Joyeux Solstice Alpha

Renee Rose

Lee Savino

 Réalisé avec Vellum

Livre gratuit - La Vierge et le Vampire

Abonnez-vous à la newsletter de Renee e Lee

Abonnez-vous à la newsletter de Midnight Romance pour recevoir livre gratuit, des scènes bonus gratuites et pour être avertie de ses nouvelles parutions ! https://dl.book funnel.com/5p8orhhczq

Livre gratuit de Renee Rose

Abonnez-vous à la newsletter de Renee

Abonnez-vous à la newsletter de Renee pour recevoir livre gratuit, des scènes bonus gratuites et pour être averti·e de ses nouvelles parutions !

https://BookHip.com/QQAPBW

Chapitre Un

P*arker*

Ma journée commence comme toutes les autres. Dans la violence.

— J'vais te fourrer et te faire rôtir comme une dinde de Noël !

Le cri vient de la cuisine. Celui qui a dit que l'accent irlandais était un délice pour les oreilles n'a jamais rencontré Declan.

Je soulève mon chapeau et cligne des yeux, ébloui par la lumière de Tucson qui pénètre dans le salon.

Une profusion de plumes blanches précède Laurie lorsqu'il sort de la cuisine. Le métamorphe, grand et dégingandé, traverse le salon en deux bonds et trouve refuge derrière le fauteuil usé dans lequel je dors toutes les nuits.

— Quoi encore ? grogné-je.

Declan entre à grands pas, une poêle à frire pleine de nourriture brûlée à la main.

— Il a fait cramer le bacon. Encore.

L'odeur suffit à me révéler ce qui s'est passé. Je vois le désastre d'ici. Je tords le cou pour regarder Laurie, qui peine à se cacher derrière moi, vu qu'il est deux fois plus grand que mon fauteuil.

— Fais le cuire au four, la prochaine fois, dis-je. Étale-le sur une plaque de cuisson et règle la température sur...

— Sacrilège ! s'exclame Declan. Si ma petite maman découvrait qu'on faisait cuire le bacon comme des foutus ris de veau...

— Il y a de la d-d-d-inde... intervient Laurie.

Il brandit un paquet de bacon de dinde, mais le grondement de Declan l'interrompt. La poêle que Declan avait à la main tombe sur le linoléum dans un bruit sourd, et un gros chien noir s'élance au-dessus de moi pour attaquer Laurie. Une lutte se tient derrière moi, accompagnée de cris et de coups dans le dos de mon fauteuil.

Je me joindrais bien à eux, mais je suis trop fatigué pour ça. Je pose la tête sur le tissu élimé de mon fauteuil pendant que Laurie court à toute vitesse autour de moi, suivi par Declan le chien. Un peu comme bip-bip et le coyote, si bip-bip était un hibou-garou qui perdait des plumes blanches et Coyote un lévrier irlandais croisé avec un chien galeux.

Tout prend fin lorsque Declan le chien arrache le bacon de dinde des mains de Laurie. Il bondit jusqu'au seuil de la cuisine et reprend forme humaine, le paquet de bacon toujours coincé entre les dents. Nu comme un ver, il se dirige vers la poubelle et jette le paquet dedans.

— Jamais je boufferai cette abomination chez moi. Tu m'as pris pour quoi, un végétarien ?

— Manger de la dinde ne ferait pas de toi un végétarien, dis-je en levant mon chapeau pour cacher le corps nu de Declan. Maintenant, va t'habiller. Tu vas me donner une indigestion.

Declan ramasse la poêle à frire et la place devant son sexe.

— T'as dormi là ? me demande-t-il, encore plus renfrogné que d'habitude.

S'il s'agissait de qui que ce soit d'autre, je prendrais son expression pour de l'inquiétude.

— Oui.

En fait, je n'ai pas vraiment dormi. Mais ça vaut mieux que l'alternative : me débattre dans les draps, étranglé par les cauchemars.

— Il nous faut plus de bacon, déclare Declan.

— On a besoin d'argent pour en acheter, répliqué-je. Et devine qui a parié tout notre fric sur le combat de Caleb ?

Declan sourit.

— C'était un beau combat.

— C'était le combat pour défendre le club de vol des métamorphes. Ce n'était pas ce combat-là. Celui de Caleb a été reporté. Et en attendant, tout notre argent est bloqué.

Je repose mon chapeau sur ma tête. Son poids m'aide à réfléchir, d'habitude, mais aujourd'hui, ça me donne juste envie de me rendormir.

Une ombre plane sur moi lorsque Laurie se place à mes côtés, bloquant le soleil.

— On p-p-pourrait trouver du b-b-boulot.

— On a déjà essayé, dis-je.

J'ai eu une migraine pendant trois jours après avoir arpenté une avenue déguisé en sandwich avec Declan et Laurie pour faire la promo d'un restaurant.

Je sens toujours un écho de cette douleur à l'arrière de mon crâne. À moins qu'il s'agisse du manque de sommeil combiné au boucan que Declan fait dans la cuisine, avec ses poêles et ses casseroles.

— P-p-peut-être q-q-que... tente Laurie avant de se taire.

Son bégaiement empire. Mes cauchemars empirent.

Declan, lui, n'a pas vraiment changé, ce qui revient à dire qu'il est complètement cinglé.

— Vous savez ce qu'il nous faut ?

Declan est de retour, nu à l'exception de son tablier jaune à froufrous. Il a coincé un saladier dans le creux de son coude et pointe un fouet dégoulinant de jaune d'œuf dans ma direction.

— Un peu de magie de Noël.

— C'est la dernière chose qu'il nous faut, réponds-je. Tu fêtes Noël, toi ?

Beaucoup de métamorphes ne célèbrent pas les fêtes chrétiennes, vu qu'à une époque, l'église pourchassait nos ancêtres, qu'elle prenait pour des démons.

— Si je fête Noël ?

Declan se tourne brusquement vers moi, un geste qui agite dangereusement son tablier. Il laisse tomber son fouet dans le saladier et se signe.

— Ma petite maman me tuerait si elle t'entendait douter de son petit chrétien exemplaire.

— Il y a le s-s-solstice, intervient Laurie avec obligeance.

Il a trouvé ses lunettes. Leurs verres en cul de bouteille rendent ses yeux ronds encore plus grands.

— Ou Hanoukka, dis-je. Ou Kwanza. Ou même Diwali. Que des fêtes dédiées à la joie et à la lumière. Qui a décidé qu'en cette période sombre et déprimante de l'année, on devait tous être de bonne humeur ? Qu'on nous laisse cafarder tranquille.

Rien de pire que d'être entouré de personnes qui font semblant d'être heureuses lorsqu'on a le bourdon.

— Je sais ! s'exclame Declan en jetant le saladier sur le plan de travail, envoyant valser son contenu. Je vais nous trouver un sapin.

Il se tourne et nous donne une vue plongeante sur la

pleine lune. Laurie et moi grognons. Je me cache les yeux avec le bord de mon chapeau.

— Laurie ! lance Declan. Viens m'aider.

Mon portable bipe. Je fouille dans les coussins du fauteuil et finis par le déterrer. L'écran affiche un appel manqué. *Celui Dont On Ne Doit Pas Prononcer Le Nom.* J'en ai des frissons, et mon loup tente de se cacher dans un coin en poussant un gémissement. C'est le surnom que l'on donne à Lucius, le roi des vampires.

Ce n'est jamais une bonne idée de devoir un service à un vampire. Ils sont encore pires que la mafia des humains, sauf que quand on refuse de payer sa dette, au lieu de dormir avec les poissons, on devient donneur de sang contre son gré. Dans les deux cas, on meurt.

Lucius, lui, nous a pris en pitié et a décidé de nous donner des petits boulots. Et il n'y a rien de plus bizarre que de bosser pour un roi vampire. Notre collaboration a pris fin lorsqu'il a rencontré sa compagne et nous a annoncé que nous n'avions plus de dette envers lui.

Mais il a toujours notre numéro. Parce que comme avec la mafia, on ne se débarrasse jamais vraiment d'un vampire.

Je consulte ma messagerie pile quand du heavy métal se met à sortir à fond des haut-parleurs que Declan a tenu à installer.

— *Deck the halls with boughs of holly...*

Les paroles de la chanson des Twisted Sisters sont émaillées par les cris et les hurlements de Declan.

— Tais-toi, lancé-je, mon portable collé à une oreille, mon chapeau à l'autre. J'essaye d'écouter mes messages.

Declan revient. Il est toujours nu sous son tablier, et porte désormais un chapeau de père Noël. Laurie a une couronne de fêtes en piteux état autour du cou.

— Qu'est-ce que vous fabriquez ? soupiré-je.

— Je ne trouve pas le sapin.

— Il n'y a pas de sapin. Plus maintenant. T'as oublié l'accident avec les pétards ?

— Il faut qu'on en achète un.

— Non. Pas de sapin.

— Ça te f'ra du bien.

— Declan...

— Regarde Laurie !

Declan agite les mains, provoquant des courants d'air jusqu'à ce que la pièce ressemble à un magasin d'oreillers après une explosion.

— Il est tellement stressé qu'il perd ses plumes.

Laurie sort la tête du nuage de plumes, et sa pomme d'Adam s'agite.

— Q-q-quand les oiseaux p-p-perdent leurs plumes. On d-d-dit qu'ils m-m-muent.

— La ferme, ordonne Declan avant d'éternuer.

— On est tous un peu sur les nerfs. Mais j'ai une bonne nouvelle, dis-je en brandissant mon téléphone. Un coup de fil du roi des vampires.

— Oh la vache !

— Et t-t-t'appelles ça une b-b-bonne n-n-nouvelle ?

— Il a du boulot pour nous, dis-je en jetant un regard courroucé à Laurie. C'est bien ce que tu voulais, non ? Attention à ce que tu souhaites.

Chapitre Deux

Parker

— Q-q-quel boulot ?

— Il faut qu'on aille chercher des colis.

Declan sort de la pièce à grands pas et revient vêtu d'un jean et de bottes. Il enfile une chemise et se frotte les mains, ses yeux verts pétillants. L'animal en lui est proche de la surface.

— OK. On le fait.

Je vais devoir y aller doucement et expliquer les choses avec précaution, comme si je parlais à un bébé.

— D'abord, il faut qu'on trouve une voiture ou un minibus capable de tous nous accueillir...

— C'est comme si c'était fait, déclare Declan.

Il tourne sur lui-même et bondit par la fenêtre. J'entends un glapissement endolori.

— Il a oublié qu'il y avait des cactus, dis-je à Laurie. *Encore.*

Je me penche par la fenêtre et crie en direction de la silhouette de Declan qui s'éloigne :

— Tu vas où ?

— Voir un mec pour trouver un van ! lance-t-il par-dessus son épaule.

— Il compte y aller à pied ? demandé-je à Laurie.

Le hibou-garou hausse les épaules, et ce mouvement suffit à faire voler d'autres petites plumes duveteuses.

Je me frotte le visage. Ce mois de décembre promet d'être long.

Deux heures plus tard, Declan arrive au volant d'un van Volkswagen avec des portes peintes dans divers tons d'orange. Un énorme sapin est fixé sur le toit du véhicule, sa cime penchée sur le pare-brise.

Laurie et moi sortons de la maison pour aller à la rencontre de Declan.

— Qu'est-ce que c'est que ce truc ?

— Le van.

— Et ce sapin ?

Il hausse les épaules.

— C'était inclus avec le van.

Je me pince l'arête du nez.

— Declan. Est-ce que tu as volé ce véhicule ?

Pour toute réponse, il donne un coup de klaxon. Laurie a déjà fait coulisser la portière latérale pour grimper sur la banquette arrière. Il jette un coup d'œil derrière lui, croise mon regard, et hausse les épaules.

— Bon, d'accord, grondé-je en enfonçant fermement mon chapeau sur ma tête. Mais c'est moi qui conduis.

Il s'avère que Declan est incapable de rester assis sage-ment sur le siège passager, alors je le bannis sur la banquette arrière tandis que je suis les indications GPS jusqu'aux coordonnées envoyées par Lucius. Nous quittons la voie rapide pour nous engager sur un chemin de terre. Au bout de deux kilomètres à soulever de la poussière rouge, nous atteignons le point de rendez-vous.

— C'est là ? demande Declan, les yeux plissés.

La petite construction se trouve au milieu de nulle part. Il y a deux pompes à essence devant, mais la pancarte indique que le litre d'essence coûte vingt centimes, ce qui signifie que la station n'est plus utilisée depuis un bon moment.

Je vérifie sur mon téléphone.

— Je crois bien. Je n'ai pas vraiment de réseau, mais c'est l'endroit qu'il a indiqué pour le premier colis.

— Une idée de ce qu'est ce fameux colis ? À quoi il ressemble ?

— Pas la moindre.

Declan se frotte les mains.

— Je vois. Allons jeter un œil.

Nous sortons du van comme un seul homme et nous approchons de la station essence. Je frotte la poussière qui couvre les vieilles fenêtres et place les mains en coupe autour de mes yeux pour voir à l'intérieur. Il s'agit d'une ancienne boutique, ses rayons vidés depuis longtemps et désormais couverts de toiles d'araignées.

Laurie pousse sur la porte, qui s'ouvre dans un souffle, avec un craquement qui me donne des frissons.

— Pas flippant du tout.

— Oh, arrête un peu, me dit Declan. Tu crois que le roi des vampires nous aurait envoyés à la chasse au dahu, tout ça pour nous poignarder au milieu de nulle part ? S'il voulait nous tuer, il se serait contenté de nous arracher la tête avant de nous boire jusqu'à la dernière goutte.

— Tu me rassures pas beaucoup, là, rétorqué-je les dents serrées.

— Vu l'odeur, cet endroit est à l'abandon, dit Declan après avoir humé l'air.

Mais je perçois une odeur vaguement florale. Je la suis

jusqu'au fond de la salle, mais je ne trouve qu'une vieille caisse enregistreuse en cuivre des années 1800.

— Il n'y a rien par ici.

Des ombres se meuvent derrière nous, puis j'entends un bruit reconnaissable entre mille, celui d'un fusil que l'on charge. Nous nous retournons tous en même temps, surpris que quelqu'un ait réussi à nous approcher sans que nous le sentions.

Une silhouette mince se tient sur le seuil de la porte, son fusil braqué sur nous.

— Annoncez vos intentions.

La voix est féminine.

Je lève les mains en l'air.

— Je m'appelle Parker. Eux, c'est Declan et Laurie. On a été envoyés par...

Le canon de l'arme se baisse.

— Lucius, le Roi Vampire. Vous en avez mis, du temps.

Elle tourne les talons et pose son fusil sur son épaule.

— Par ici.

Nous nous dépêchons de la suivre. Elle remonte déjà le chemin de terre, mais nous la rattrapons en quelques pas. C'est une femme d'un mètre cinquante à tout casser, avec des cheveux bruns et un kilo d'eye-liner autour de ses yeux marron. Elle me dit quelque chose.

— On se connaît ? lui demande Declan.

— À toi de me le dire, M. L'Ivrogne, répond-elle en le fusillant du regard.

Il claque des doigts.

— J'en étais sûr ! Tu faisais partie des métamorphes libérés des esclavagistes.

— Bravo.

Elle plisse le nez. Je me souviens qu'elle avait un anneau à la narine, avant. Il n'est plus là.

— Fiona, c'est ça ? s'enquit-il d'une voix devenue douce et séductrice. Un beau prénom irlandais pour une belle fille comme toi.

Je n'ai pas besoin de le regarder pour savoir qu'il a un sourire en coin et l'œil qui pétille. Son odeur est devenue sucrée.

La gothique renifle et se renfrogne, le regard sur la route. Devant nous se dressent quelques constructions sans portes. Une ville fantôme.

— Tu vis ici ?

Elle hausse les épaules.

Je jette les clés du van à Laurie.

— Suis-nous autant que possible.

Il hoche la tête alors que sa pomme d'Adam fait le yo-yo, et il se met à courir dans l'autre sens.

La végétation envahit les lieux, les bâtiments encerclés par les cactus et les buissons. Un géocoucou de Californie, comme Bip Bip, traverse notre chemin comme une flèche. Puis un autre. Et encore un autre.

Ils se précipitent tous dans la direction que nous prenons : celle qui conduit à l'odeur florale qui devient de plus en plus forte.

Un parkinsonia remue, et un coyote sort sa tête. Ses yeux jaunes sont luisants. Declan lui fait coucou et me donne un coup de coude dans les côtes.

— Regarde, c'est l'un de tes frangins.

— Je ne suis pas en partie coyote, grommelé-je. On a déjà parlé de ça.

Data X a fait des expériences sur moi. Mon animal est un mélange hybride de toutes sortes d'espèces.

— Alors qu'est-ce que tu es ? me demande Fiona de but en blanc.

Declan hausse ses épais sourcils noirs.

— Ouais, Parker, qu'est-ce que t'es ?

Un éclair de panique me traverse, et une vive odeur métallique m'emplit les narines. Mon champ de vision s'étrécit jusqu'à ce que je ne voie plus qu'à travers des barreaux plaqués argent qui brûlent et brûlent…

Au-dessus de ma tête, un aigle trompette, et je cligne les yeux face au soleil.

— Tu le saurais si tu l'avais entendu se marrer, dit Declan à Fiona. Mais ça fait un bail qu'il rigole plus.

Je pousse un soupir.

— Il dit n'importe quoi.

Je suis seulement en partie hyène. Le reste est un gros point d'interrogation.

— Tu sais quoi ? On se fiche de ce que je suis. Qu'est-ce que tu es, toi ? lancé-je à Fiona.

Elle hausse les épaules et pose le canon de son fusil sur son épaule.

— Si tu m'emmerdes, tu le découvriras.

L'aigle plonge et se pose sur le toit le plus proche pour nous jeter un regard noir.

— Qu'est-ce qu'il a ? m'enquiers-je en agitant la main vers le volatile. C'est quoi toute cette ménagerie ?

Notre guide pousse un soupir.

— Allison.

— Allison ? répété-je.

— Je m'en souviens, dit Declan. C'était la métamorphe qui était avec toi. Celle qui attirait tous les animaux.

— C'est Allison, dit Fiona en agitant la tête vers l'avant.

À nos pieds, un trio de lièvres quitte l'ombre d'un saguaro en bondissant. Le coyote se contente de les observer d'un air perplexe. Même l'aigle, stoïque, ignore cette viande fraîche.

Une volée de roselins passe au-dessus de nous en gazouillant.

Une jeune femme sort d'une maison et rejette ses boucles brunes en arrière. Les oiseaux se posent sur ses épaules et ses bras, sans cesser de gazouiller. Avec son joli visage et sa jupe ample, elle ressemble à une héroïne de films, prête à se mettre à chanter.

— Oh la vache, dit Declan d'un air admiratif.

— Bonjour. Je suis Allison. M. F. a dit que vous m'escorteriez jusqu'à Taos ?

Declan lâche un son étranglé. Sans doute sa réaction en entendant cette adorable jeune femme appeler le roi des vampires « M. F. »

— Taos ? demandé-je. Qu'est-ce qu'il y a à Taos ?

Fiona baisse son fusil et inspecte son canon.

— Des choses qu'il a commandées. Des cadeaux. Ils se sont perdus en route.

— Allez-y, chuchote Allison aux roselins. Dites-leur qu'on arrive.

Les oiseaux s'envolent tous en même temps.

Allison se tourne vers l'aigle sur le toit.

— Veille sur eux, s'il te plaît.

L'aigle trompette et agite ses ailes gigantesques, décollant vers la direction prise par les autres oiseaux, mais à plus haute altitude. Pas pour les chasser, mais pour les protéger.

— Incroyable, dit Declan avant de siffler. C'est une sacrée image.

Je me tourne vers Fiona et Allison.

— Donc on vous conduit à Taos. Toutes les deux ?

Fiona charge son fusil.

— Je suis sa garde du corps.

— Elle a besoin d'une garde du corps ? demande

Declan. Elle a tout un tas de bestioles qui lui mangent dans la main. Comme une putain de princesse Disney.

— Je suis plus douée avec les proies, dit Allison. Elles se sentent en sécurité avec moi.

Un glapissement retentit, et une souris sort le museau de la poche de sa robe d'été. Elle la fait sortir et la pose avec précaution sur le sol, pour la laisser disparaître dans la terre fendillée près de la maison vide.

— Et que se passe-t-il quand il y a une menace ? m'enquiers-je en regardant Fiona. Tu lui tires dessus ?

Elle m'adresse un sourire froid qui dévoile toutes ses dents.

— Si tu m'emmerdes, tu le découvriras.

Le gravier crisse derrière moi. Laurie nous a rejoints.

— C'est votre van ? On dirait celui de Scooby Doo, commente Allison d'un air ravi.

Fiona a une expression sceptique.

— Pourquoi est-ce qu'il y a un sapin dessus ?

— Pour Noël, répond Declan.

— Ah, dit Fiona, comme si cela expliquait tout.

Je hoche la tête avec lassitude.

— Très bien. Viens là, Blanche-Neige. Le cirque se met en route.

— Je m'assois devant ! s'exclament Fiona et Declan à l'unisson en se ruant vers la portière passager.

Je les laisse se battre et fais le tour pour prendre les clés à Laurie. Quelques secondes plus tard, j'entends un petit cri aigu, puis Fiona ouvre la portière et bondit sur le siège voisin. Elle pose son fusil à côté d'elle et tend la main.

— Le GPS ?

— Merci, dis-je en lui tendant mon téléphone. Il ne m'a pas envoyé les coordonnées...

— Ne t'en fais pas. Je sais où on va.

J'ajuste le rétroviseur. Laurie s'installe sur la banquette arrière à côté d'un Declan grognon.

Allison monte à son tour avec un sac à dos orné d'un motif floral délavé et se glisse dans le siège du milieu.

— Salut, toi, dit-elle à Laurie de sa voix douce.

Il pâlit encore plus que d'habitude.

— Qu'est-ce qu'il y a là-dedans ? demande-t-elle en ouvrant le mini-frigo couleur pistache fixé au plancher.

Il renferme des bouteilles de lait à l'ancienne, pleines d'un liquide blanc.

— D-d-du lait ?

Declan prend une bouteille et la secoue d'un air curieux.

— Sans doute du lait de poule.

— Je te déconseille de boire ça, l'avertis-je.

— Oh, pourquoi ? Juste un chouïa, ça peut pas faire de mal.

— Non ! nous écrions Laurie et moi d'une seule voix.

Declan range la bouteille et sort sa flasque argentée.

— Bon, d'accord. J'ai pas besoin d'alcool dilué, de toute façon.

Un Declan bourré. Pile ce qu'il nous fallait.

Je démarre le van et appuie sur l'accélérateur. Le moteur a quelques ratés, puis se met à ronronner bruyamment. Avec un peu de chance, il tiendra le coup jusqu'à Taos.

— Alors, comment ça va, depuis le temps ? demandé-je à Fiona d'un ton prudent.

Son odeur est un peu plus perceptible en lieu clos, boisée et légèrement poivrée. Je ne sais toujours pas quel est son animal, et si elle aussi est une hybride. Une bâtarde, comme moi.

Notre rencontre avec Allison et elle commence à dater.

Elles venaient d'être libérées des esclavagistes. Declan et Laurie auraient bien voulu apprendre à les connaître davantage, mais elles avaient besoin de temps et d'espace pour digérer les horreurs qu'elles avaient vécues.

Declan et Laurie aussi avaient peut-être besoin de temps.

— Pas trop mal. On est restées un moment avec la meute de Tucson. Sheridan nous a appris à faire le service au bar, dit Fiona en haussant les épaules. On bosse un peu à l'Éclipse et au Fight Club quand on a besoin d'argent.

— Sheridan est accouplée à Trey, qui organise les combats. Vous avez déjà fait le service ces soirs-là ?

— Non.

Fiona a répondu d'un ton nonchalant, mais son odeur devient ardente. Un mélange de piment de Cayenne et de piment Habanero. Elle me chatouille tellement le nez que je dois contenir un éternuement. Une odeur de colère... avec une trace de peur ?

— On ne bosse pas quand il y a des combats.

— Nous, si, dis-je. On tient les registres.

Être entouré de métamorphes gigantesques et débordants d'adrénaline aurait dû m'effrayer, après le temps que j'ai passé dans les cages de Data X. Mais c'est tout le contraire. Mon animal se sent en sécurité en présence de mes congénères, surtout les plus forts et combatifs d'entre eux. Et à mon avis, Declan et Laurie ressentent la même chose.

— Vous avez déjà envisagé de rejoindre la meute de Tucson ? s'enquiert Allison.

Sa voix est douce, mais je l'entends clairement à l'arrière.

— Non, réponds-je. Et vous ?

— Non.

L'odeur de Fiona est bouillante, à présent, sa voix monocorde. Elle est furieuse.

— Garrett nous l'a proposé, mais...

Allison ne finit pas sa phrase. Son odeur florale s'est estompée, comme celle de pétales pressés entre les pages d'un livre pendant trop longtemps.

— Pareil, dis-je.

Je m'éclaircis la gorge. Nous roulons en silence pendant une quinzaine de kilomètres. Declan et Laurie regardent fixement par la fenêtre chacun de leur côté. Personne n'a envie de dire la vérité : quand Data X nous a enlevés et a pratiqué ses expériences sur nous, ils ne se sont pas contentés de nous voler des années de vie, notre sentiment de sécurité et une partie de notre raison. Ils nous ont volé la possibilité de faire partie d'une meute.

Car quand on est trop différent, trop bizarre, on ne trouve sa place nulle part.

* * *

Fiona

La route s'étale à perte de vue devant nous, lisse et sèche. Les trois premières heures, le paysage était brun et désertique, ponctué de rochers et d'un ranch par-ci par-là. Une fois au Nouveau-Mexique, les choses sont devenues plus intéressantes, l'horizon dentelé par des chaînes de montagnes. Le trajet ne se passe pas si mal que ça. J'ai un ressort qui me rentre dans les fesses, mais le van est sympa. Si besoin, on pourra allonger les sièges pour dormir dedans. Allison et moi avons connu pire, c'est sûr.

Le seul point négatif, c'est la puanteur de nos compagnons de route. Simplet, Grincheux et l'Emplumé. Grincheux est assis à côté de moi et conduit d'une main sûre, un air songeur sur son visage ombragé par un chapeau. Il pense à des choses tristes. Ça dégage une odeur de fruits trop mûrs.

Allison est assise à l'arrière, son odeur de fleur d'oranger camouflant celles plus nauséabondes. L'Emplumé, le hibougarou qui sent les pleines lunes d'hiver, se tient raidement à ses côtés. Ses yeux sont énormes derrière ses lunettes repoussantes. Chaque fois qu'il cille, quelques plumes s'échappent de ses cheveux.

— C'est quoi, ça ? lui lancé-je. Tu perds tes plumes ?

— Quand les oiseaux perdent leurs plumes, dit Allison, on dit qu'ils muent.

— Super. Une heure de plus comme ça, et on pourra garnir une couette deux personnes.

Dans le rétroviseur, Allison me jette un regard déçu.

— Elle ne pense pas ce qu'elle dit, murmure-t-elle à l'Emplumé.

Je renifle et tourne le regard vers Simplet. L'Irlandais. Un lévrier croisé avec plein d'autres animaux. Son odeur est un mystère, comme celle de Grincheux, mais elle est imbibée d'alcool fort. Il sent comme quelqu'un qui reste debout jusqu'à quatre heures du mat' et enchaîne les mauvaises décisions.

J'aime bien, je crois.

Son odeur m'a plu la première fois que je l'ai sentie, mais mon animal était trop nerveux pour que je me rapproche de qui que ce soit d'autre qu'Allison. Allison, c'est comme du Xanax pour mes sens. Moi, je suis plutôt de l'amphétamine. À nous deux, nous formons une métamorphe à peu près saine d'esprit.

C'est nul, d'être tellement à la ramasse qu'on a besoin

d'une amie pour ne pas sombrer. Allison ne m'a jamais dit qu'elle m'en voulait, et elle ne le dirait jamais. Pourtant, ça doit être pénible pour elle, de vivre en marginale. De ne pas pouvoir faire partie d'une meute.

Mais mon animal est tout simplement incapable de fréquenter de gros groupes de métamorphes puissants, désormais. Pas depuis que ma dernière « meute » m'a vendue aux esclavagistes. Apparemment, ma loyauté envers eux n'était pas réciproque, parce que mon animal n'était pas le même que les leurs.

Ils ne savent pas ce qu'ils ont perdu. Mais je n'ai pas l'intention de rejoindre une meute de sitôt. J'attendrai qu'Allison et moi trouvions un groupe de métamorphes au sein duquel nous nous sentirons à notre place.

Mon ventre gargouille. Grincheux me jette un coup d'œil, mais ne fait pas de commentaire. Simplet croise mon regard dans le rétroviseur et lève sa flasque, comme s'il me proposait du whisky pour le déjeuner. Je secoue la tête et tapote mon fusil au cas où il déciderait d'insister.

— J'parie que tu sais bien te servir de ce truc-là, hein ?

Son accent irlandais est plus fort quand c'est à moi qu'il parle.

Je hausse les épaules et me détourne pour regarder par la fenêtre. Un panneau indique la présence de mon fast food préféré, mais j'aperçois quelque chose de plus troublant. Trois gros SUV noirs avec des vitres teintées, les uns derrière les autres.

— Prends cette sortie, dis-je à Parker, alias Grincheux.

Sur la banquette arrière, Declan et Laurie se redressent.

— Maintenant ? demande Parker en tournant la tête.

— Ne regarde pas, pesté-je. Attends le dernier moment. *Maintenant !*

Il emprunte la sortie. Les trois SUV continuent tout

droit, à toute vitesse. Leurs fenêtres opaques ne me dévoilent que le reflet de notre van.

— Qui c'était ? s'enquiert Parker.

— Aucune idée. On change de chemin.

Je consulte la carte sur son téléphone.

— Prends à droite au stop...

Je le guide à travers une série de détours qui finissent par nous ramener à la voie rapide. Nous ne pouvons pas emprunter des routes secondaires jusqu'à Taos.

Les gargouillis de mon estomac se font plus insistants. Mon animal a envie de se tapir derrière un fast food et de disparaître dans une benne à ordures.

Cette fois, lorsque Declan me propose sa flasque, je l'accepte et bois une gorgée. Le whisky me brûle la gorge, mais répand une douce chaleur au fond de mon ventre.

Je lui rends la flasque.

— Merci.

— Tu crois qu'on les a semés ? me demande Parker.

Je regarde dans le rétroviseur. Ça fait près d'une demi-heure. Je suis sur le point de déclarer que nous sommes sortis d'affaire lorsqu'ils apparaissent, un par un, en rang, comme des fourmis. Trois SUV noirs, vitres teintées incluses.

Je m'enfonce dans mon siège.

— C'est officiel. On est suivis.

Chapitre Trois

Declan

Comme s'ils savaient que nous les avions repérés, les trois véhicules se rapprochent, doublant la camionnette d'un peintre en bâtiment et le minivan bleu d'une mère de famille. Dans moins d'un kilomètre, ils nous auront rattrapés.

J'essaye de me concentrer, de voir si j'arrive à distinguer des formes derrière les vitres teintées probablement illégales, mais n'arrête pas de me laisser distraire. La petite gothique assise à l'avant sent le hamburger juteux avec son panier de frites. Ou le petit-déjeuner à l'anglaise que préparait ma mère. Ça fait perdre la tête à mon animal.

Et le fait qu'elle agite son fusil n'arrange rien. C'est super sexy.

— Je m'en charge, dit-elle en ouvrant sa vitre.

— Pas si vite, siffle Parker.

Sa prudence me met en rogne, d'habitude, mais là, elle est justifiée.

— Tu peux pas les canarder en public, dis-je à Fiona.

Elle me montre les dents. Elle a de petites canines, plus

arrondies que pointues. Quel pourrait être son animal ? En général, des dents comme les siennes sont celles d'une proie, sauf qu'elle n'a pas l'air du genre à fuir ou à se cacher. Mais après tout, elle fanfaronne peut-être parce qu'elle est terrifiée. Son odeur contient une note brûlante, comme si l'on avait saupoudré une tranche de fromage de piment avant de la placer sur un steak haché.

À s'en lécher les babines.

— Ils ne nous chopperont pas vivants, grogne-t-elle.

Avec ses cheveux noirs mi-longs et son eye-liner appuyé, elle ressemble à une princesse guerrière. Une princesse guerrière qui aurait accès à un magasin de maquillage.

— Attends un peu, on n'en est pas encore là... dit Parker.

Il appuie sur le champignon et se déporte sur la file la plus à gauche. Les SUV suivent le mouvement.

— Il faut qu'on réfléchisse, ajoute-t-il.

— Qui aurait eu vent de notre mission ? demandé-je.

— Des putains de vampires, grogne Fiona.

Parker tord le cou pour regarder le soleil.

— Ça n'a aucun sens. Il fait encore jour. Ils ne peuvent pas sortir avant le coucher du...

— Mais ils ont des vitres teintées, réplique Fiona. Et s'ils nous traquent assez longtemps, il fera nuit.

— Merde, grommelé-je.

Elle a raison. S'il s'agit de vampires, nous sommes en pleine course contre la montre.

— Attention ! s'écrie Laurie.

Le SUV le plus proche a accéléré et fonce vers nous pour nous rentrer dedans.

— Accrochez-vous.

Parker serre les dents et donne un coup de volant à droite pour prendre la sortie que nous venons tout juste de dépasser. Les roues avant crissent sur le gravier qui sépare la route de la rampe, et l'espace d'un instant, nous volons. Nous retombons lourdement.

Parker parcourt la bretelle de sortie à toute vitesse. À côté de moi, Allison a sauté sur les genoux de Laurie. Elle s'accroche à lui, et lui à elle.

— Mon héros, lui dit-elle.

Il se fige, les yeux ronds comme des soucoupes derrière ses lunettes en cul de bouteille.

Avec un sourire en coin, je lève discrètement les pouces à son intention.

— Hum, hum.

Fiona me fusille du regard. Ça ne lui plaît sans doute pas de voir Laurie se rapprocher de son amie. Je m'enfonce dans mon siège et me tape les genoux.

— Il y a de la place pour toi ici, si tu veux que je te sauve.

Ses iris prennent une lueur rougeâtre, presque démoniaque. Je n'ai encore jamais vu un métamorphe faire ça.

— Fascinant, soufflé-je en me penchant en avant.

Elle cille, surprise par cette marque d'intérêt de ma part, et la lueur diabolique disparaît.

— Tu es suicidaire, dit-elle.

— Je serais prêt à me jeter entre tes griffes rien que pour que tu me touches. Ça vaudrait le coup.

Nous nous regardons d'un air hébété. Je n'avais encore jamais dit quelque chose d'aussi honnête aussi tôt dans le processus de séduction, mais quand on est pourchassé par des vampires et sur le point de mourir, autant se donner à fond.

— Vous pouvez arrêter de flirter et m'aider à nous débarrasser de ces emmerdeurs ? nous lance Parker.

L'un des SUV a fait demi-tour sur la voie rapide pour

prendre la même sortie que nous. Ses potes prendront sans doute la prochaine pour nous piéger.

— Tourne à gauche, aboie Fiona.

Elle nous guide dans une série de virages que j'ai du mal à suivre. Nous finissons sur une route à sens unique, dénuée de voitures.

— On va aller dans les montagnes, annonce Parker.

Je jette un regard au sommet.

— T'es sûr que le van tiendra le coup ?

— On peut toujours finir à pied.

— En attendant que je vole un autre van, dis-je sans réfléchir.

— J'en étais sûr, s'exclame Parker en tapant sur le volant. Je savais bien que tu l'avais volé.

— Emprunté sans demander la permission.

— C'est la même chose !

— Prends à droite, ordonne Fiona.

Nous nous retrouvons à nouveau sur un chemin de terre.

Nous heurtons un énorme dos d'âne, et la radio s'allume toute seule dans un grésillement assourdissant. Nous hurlons tous et plaquons les mains sur nos oreilles délicates de métamorphes. C'est comme avoir une corne de brume à cinq centimètres du visage.

— Éteins ça ! Éteins ça ! m'écrié-je.

— J'essaye, dit Fiona.

Ses doigts dansent sur les touches. Elle tombe sur une station de musique country, et les guitares sont assez bruyantes pour faire gémir mon animal.

— Pas ça ! glapis-je. Tout sauf ça !

Allison enfouit le visage dans la chemise de Laurie, les mains sur les oreilles. Laurie place ses mains sur les siennes.

Un autre changement de station, et la voix suave de Nat King Cole emplit la voiture.

— *Chestnuts roasting on an open fire...*

— Quel soulagement !

Allison et Laurie continuent de s'étreindre tranquillement à côté de moi.

— Vous fêtez Noël ? demandé-je à Allison.

Elle hoche la tête.

— Non, on regarde juste Elfe en s'offrant des cadeaux, précise Fiona.

— C'est la même chose. C'est Noël.

Elle secoue la tête et une nouvelle vague de sa délicieuse odeur de hamburger-frites afflue vers moi. Mes canines sont devenues assez acérées pour me couper la langue. J'ai envie de la dévorer. Je détourne la tête pour prendre une bouffée d'air frais.

— C'est quoi, ton problème ?

— Ah, ma charmante Fiona. La liste est beaucoup trop longue.

— Ça m'étonne pas.

Dans les collines, la radio crépite puis devient silencieuse. Fiona tourne la molette au hasard, mais ne trouve rien d'autre, alors nous écoutons le bruit de ferraille de notre van branlant tandis qu'il remonte le chemin à grand-peine.

— Qu'est-ce qui se passera si les vampires nous rattrapent ? murmure Allison.

— Ils ne nous rattraperont pas, dis-je, car c'est inenvisageable.

— N-n-ne t'inquiète pas. Je te p-p-protégerai, chuchote Laurie en réponse.

Allison semble le croire, mais Laurie me jette un regard désespéré.

J'ignore si les SUV contiennent des vampires, mais si c'est le cas, une fois la nuit tombée, ils deviendront beaucoup plus puissants. Et le soleil descend de plus en plus bas dans le ciel à chaque kilomètre parcouru.

Il nous faut un plan, et vite.

* * *

Allison

Le petit van monte laborieusement dans les montagnes. Nous sommes tous penchés en avant, comme si notre poids pouvait lui donner de l'élan.

Laurie est plié en deux à côté de moi. Il est tellement grand que ses genoux se trouvent trente centimètres au-dessus de la banquette. Je me colle à son bras à la moindre occasion. Une rougeur s'épanouit dans son cou, mais il ne me dit pas d'arrêter.

Certaines nuits, quand les gémissements de Fiona me réveillent, je reste allongée dans mon sac de couchage et je m'imagine pelotonnée dans des plumes blanches. Ça me donne toujours l'impression d'être en sécurité.

À présent, je réalise sur qui je fantasmais.

Mais ce n'est pas le moment de penser à ça, pas alors que nous sommes en pleine fuite.

— Conduis-nous le plus haut possible, dit Fiona.

— Je fais de mon mieux, répond Parker les dents serrées.

Un long grondement retentit sous le van. De temps à autre, je sens une odeur d'essence brûlée et de mécanismes en surchauffe.

— Je peux appeler à l'aide, dis-je.

— Y a pas de réseau par ici, répond Declan.

— Ce n'est pas ce qu'elle entendait par là, rétorque sèchement Fiona.

Je les ignore et essaye de déterminer qui je peux appeler. Quel animal nous aiderait le mieux ? Quelques coyotes, peut-être même un couguar. Mais les vampires sont capables de les tuer aussi vite, voire plus vite, que nous. Les mener à leur perte serait cruel.

Le van est presque à bout de souffle lorsqu'il atteint une falaise à mi-chemin du sommet de la montagne.

— Arrête-toi là, indique Fiona.

Laurie passe le bras au-dessus de moi pour ouvrir la portière.

— Donnez-moi quelques minutes, leur dis-je.

— Grouille-toi, me lance Declan.

J'entends Parker demander :

— Vous croyez que ça va marcher ?

— C'est la seule idée qu'on ait, répond Declan.

La porte du van claque, et Fiona me suit à grands pas, dispersant le gravier à coups de Doc Martens.

— Imagine le plus gros, le plus menaçant des prédateurs, me dit-elle.

Je hoche la tête et fais face au vent. Je visualise mon énergie comme une boule de lumière blanche qui rayonne à quelques mètres de mon corps. Puis je me concentre sur un rayon et l'envoie dans le vent.

Ce n'est pas ma voix qui agit, ni mon esprit. C'est mon odeur.

J'appelle à l'aide, puis j'imagine une ombre géante se former dans les airs. Puis une autre. Et encore une autre. Des êtres musculeux débordant de pouvoir. Je les imagine se solidifier pour former un mur autour de Fiona et moi ainsi que tous les occupants du van.

Un fourmillement se propage dans mon corps. À côté

de moi, Fiona éternue, comme cela lui arrive lorsque mon odeur devient particulièrement forte.

J'imagine les ombres guerrières se fondre en une forteresse puissante et scintillante. Et j'emplis la tour d'un sentiment de sécurité. Je perçois une nouvelle fois la même odeur hivernale, l'impression de m'enfoncer dans des oreillers moelleux, de sentir des plumes sur mon visage. Ma sensation préférée.

Quand j'ouvre les paupières, j'ai les bras levés, et Fiona est adossée au van, les yeux embués. Elle sent mon énergie, même si elle ne la comprend pas.

J'entends déjà un bruissement à quelques mètres de la route. Il doit y avoir des oiseaux dedans, des souris, d'autres rongeurs du désert, des lièvres. Ils auront envie de me rejoindre, de répondre à mon appel. Je leur envoie un message. *Restez. Paix.*

Le bruissement se réduit. Je soupire et me tourne vers mon public.

Declan lève le pouce.

— Ça, c'était quelque chose !

Parker grimace, mais hoche la tête.

Fiona reste à côté de moi au cas où je tomberais. Parfois, je dépense trop d'énergie et ça me donne le tournis. Mais aujourd'hui, c'était facile.

Je me glisse sur la banquette arrière. Laurie me regarde, les yeux brillants. Comme si j'étais son héroïne. Et quelque chose se détend en moi. Quoi que les autres voient en moi : un ange, une fille bizarre, Laurie ne me prend pas pour un monstre de foire.

* * *

Laurie

Fiona ferme la portière coulissante et bondit dans le siège passager. Je n'arrive pas à quitter Allison des yeux. Elle est tellement belle, avec sa peau brune qui rayonne et ses cheveux frisés qui forment un halo autour de sa tête. Je ne sais pas ce qu'elle a accompli, là-dehors, mais j'ai senti une vague de lumière chaude me submerger. J'ai senti quelque chose changer en moi. Et je le sens à nouveau, avec elle à mes côtés, enveloppé dans son odeur de fleur d'oranger.

— Et maintenant ? demande Parker.

— Maintenant, on reprend la route. Et j'espère que ce van digne de Scooby Doo réussira à gravir la montagne.

— Hé, insulte pas notre véhicule adoré, proteste Declan.

Fiona s'esclaffe. Le son est englouti par les cliquètements et les plaintes du van alors qu'il s'engage de nouveau sur le chemin de terre.

Nous roulons dans un silence général, comme si parler risquait de peser trop lourd, d'être la goutte d'eau qui achèvera notre van éprouvé et l'enverra en sens inverse.

Nous prenons un virage en épingle, puis un autre, et nous nous retrouvons sur une falaise orientée à l'ouest. Le soleil est très bas dans le ciel.

— Le crépuscule, dit Parker d'un ton funeste. L'aube des vampires.

— Continue de conduire, lui dit Allison.

Même sa voix est apaisante. J'ai envie de la serrer dans mes bras, blottie sur mes genoux. D'enfouir le visage dans son cou et d'embrasser sa peau au parfum sucré.

Mais je n'ose pas le faire. Allison est la plus belle femme du monde. Elle est intelligente, gentille et puissante. La fille de mes rêves... ou en tout cas, elle le serait, si j'étais capable d'imaginer quelqu'un d'aussi parfait.

Et moi, je suis moi. Un métamorphe dépassé incapable de calmer son animal. Aussi gauche que je suis grand. Maigrichon et en colocation avec mes deux meilleurs amis, qui sont tout aussi tourmentés que moi.

Qui suis-je pour oser m'asseoir à ses côtés ? Je ne peux même pas la regarder. Elle est trop lumineuse.

Mais je ne peux pas empêcher mon corps de réagir à sa présence. Le désir pulse en moi. Une douleur exquise.

Je serre les dents et regarde le soleil se coucher. Nous sommes presque arrivés au sommet de la montagne lorsque je commets l'erreur de regarder en bas.

Deux paires de phares zigzaguent sur la route, à notre suite.

— D-d-de la compagnie.

Je prends Declan par l'épaule. Il se retourne, voit la même chose que moi, et lâche une série de jurons.

— C'est eux ? demande Parker, le dos raide, les yeux braqués sur la route.

— Ouais.

— Qu'est-ce qu'on fait ? s'enquiert Fiona, son fusil serré contre elle.

— On essaye de les semer.

Un grondement plaintif retentit lorsque Parker écrase l'accélérateur, suivi d'un grand bruit métallique.

Nous nous figeons tous.

Le van crachote et ralentit.

— Merde, merde, merde.

C'est Parker qui se joint au festival de jurons de Declan.

Je jette un regard d'excuses à Allison. Tout le monde n'est pas habitué à une telle vulgarité.

Le van finit par s'arrêter. Nous nous trouvons au point le plus élevé de la route, avant la descente.

— Sortez, ordonne Parker.

Au même moment, Declan dit :

— Bon. On peut peut-être la pousser en bas.

Nous descendons tous du véhicule. À l'approche de la nuit, l'air s'est rafraîchi. Le vent me fouette les cheveux, agite la jupe ample d'Allison. Il aurait dû sentir le propre et le frais, mais au lieu de ça, il contient une note métallique désagréable. Et en dessous, il a une odeur de vieilles canalisations. L'odeur de la peur et des vampires.

Fiona s'est hissée sur le pare-choc pour voir nos poursuivants.

— Ils arrivent, et vite.

— Venez, lance Declan en se ruant derrière le van pour le pousser.

— Attendez, s'écrie Allison.

Elle a le doigt pointé sur la route en face de nous. Deux autres paires de phares gravissent la montagne à toute allure, droit vers nous.

— On est piégés.

À présent, Fiona, Parker et Declan jurent à l'unisson.

Allison croise les bras autour de ses flancs. Elle porte un pull et un manteau, mais le tissu de sa jupe semble très fin. Sans réfléchir, je l'étreins et me rapproche pour tenter de bloquer le vent avec mon corps.

— Qu'est-ce qu'on fait ? demande-t-elle.

Je suis impuissant, car avec l'ennemi qui nous cerne, je ne peux rien faire.

Si. Je pourrais prendre ma forme de hibou et m'envoler jusqu'à un endroit sûr, en emportant Allison et peut-être même Fiona. Mais à cette idée, mon hibou se terre dans un recoin profond, hors de ma portée.

Fiona a mis Declan à contribution. Il lui fait la courte échelle pour qu'elle puisse se percher sur un rocher et jouer les snipers. Je ne sais pas comment elle compte repousser les vampires avec un fusil de chasse, mais ça vaut toujours mieux que de rester là à attendre la mort.

Parker fait le tour du van et observe l'ennemi.

— Laurie, tu pourrais... ?

Il me jette un regard, et la lumière frappe ses yeux, illuminés d'une lueur jaune. Son animal est près de la surface.

Mais mon hibou est aux abonnés absents. Parker a eu la même idée que moi, et il me demande si je suis capable de me transformer et de m'envoler avec Allison. Je secoue la tête et déglutis. J'ai une boule dans la gorge. L'impression qu'une main d'argent se ferme sur mon cou. Le collier que je portais dans le laboratoire de Data X. Là où on m'a soumis à toutes sortes d'expériences jusqu'à ce que mon hibou apprenne à se cacher.

— Je ne p-p-p...

Je ne peux pas. Mon hibou s'est parfois montré plus courageux, mais pas récemment. Pas quand je suis le seul à pouvoir nous sauver. *La* sauver.

— Ce n'est pas grave, me dit Parker. Ne force pas.

Allison se blottit contre moi. Elle lève son visage vers le mien, mais il n'y a aucun jugement dans son regard. J'ai quand même l'estomac noué. Si j'étais plus compétent, plus courageux, plus fort, je pourrais appeler mon hibou, me transformer et *agir*. Au lieu de ça, je me ratatine intérieurement. Allison est en danger, et je suis plus qu'inutile.

Je suis désolé, ai-je envie de dire, mais je ne suis même pas capable de parler. Et le moment passe.

Un *flap-flap-flap* retentit au loin, et nous nous tournons tous vers le soleil couchant.

Allison se protège les yeux.

— Est-ce que c'est… ?

— Un hélicoptère, confirme Fiona.

Dans la pénombre, l'hélico plane comme une libellule géante. Il se dirige droit vers nous.

— Eh merde, marmonne Declan. Ça leur suffisait pas de nous envoyer leurs soldats au sol ? Il fallait qu'ils envoient un hélico ?

— Attends, dit Parker.

Plus l'hélicoptère approche, plus ses contours deviennent nets. Et aussi fou que cela puisse paraître, c'est évident : quelqu'un est suspendu à un patin. Vêtu… d'une minijupe ?

Le vent nous fouette davantage, et les pales de l'hélicoptère forment un tourbillon de poussière.

— Ils arrivent, s'écrie Fiona.

J'ignore si elle parle des SUV qui remontent le dernier virage ou de l'hélicoptère qui descend au-dessus de nos têtes, révélant son chargement : deux silhouettes imposantes en kilts, l'une avec une chemise blanche de pirate, l'autre torse nu.

— Youhou ! lance l'homme torse nu, suspendu à l'un des patins. Les Ours du Tonnerre débarquent !

Et il lâche le patin, atterrissant sur la route, juste devant deux des SUV en approche.

Chapitre Quatre

iona

Je tire mon tee-shirt sur mon nez pour me protéger de la poussière qui vole dans tous les sens. Nous nous trouvons en pleine tempête de sable à cause de l'hélicoptère qui plane au-dessus de nos têtes. Mes yeux s'embuent à cause du vent.

Mais je regarde tout de même l'ours numéro un se poser au sol. L'espace d'un instant, son kilt se soulève, répondant au bon vieux mystère de ce que les ours-garous portent sous leurs kilts.

Et si j'étais un homme aussi bien monté, moi aussi, je me passerais de boxer et de slip.

Un autre cri de guerre, et le deuxième ours saute de l'hélicoptère. Il atterrit également sur la route, à quelques mètres devant nous, alors que son compagnon se situe derrière nous. Le pilote de l'hélicoptère lève le pouce dans notre direction en passant, avant de s'éloigner puis de disparaître.

Le dos tourné, les deux ours se dirigent vers les SUV, chacun de leur côté.

Comme un seul homme, ils arrachent leurs kilts, nous offrant une vue plongeante sur deux jolies pleines lunes avant de se transformer en ours gigantesques. Leurs pattes frappent le sol, faisant trembler la route tandis qu'ils se ruent sur les véhicules en rugissant.

Les SUV continuent d'avancer. Leurs vitres se baissent et les canons noirs de leurs armes apparaissent.

— À couvert ! s'écrit Declan.

Laurie tire Allison derrière mon rocher et la couvre de son grand corps dégingandé.

Je plisse les yeux derrière la lunette de mon fusil, puis pousse un cri lorsque quelqu'un m'attrape par la cheville pour me faire descendre.

— Fais gaffe ! me lance Declan en tentant de me protéger de son corps.

— Fous-moi la paix !

Nous luttons jusqu'à ce que je parvienne à me libérer. Je passe la tête derrière un rocher pour assister à la bataille.

L'ours numéro un est debout sur ses pattes arrière. Il a saisi le pare-chocs avant d'un SUV, et sous mes yeux, il pousse le véhicule sur le côté avec tant de force que celui-ci se retourne et dévale la pente en faisant des tonneaux. Des coups de feu retentissent, et l'ours pousse un rugissement. Il charge à nouveau et bondit sur le deuxième SUV, déchirant le toit avec ses griffes tranchantes. Il arrache le métal comme s'il s'agissait d'aluminium. Un pistolet apparaît par le trou pour lui tirer dessus, et il l'attrape, le casse en deux et jette les morceaux à l'intérieur du véhicule pour frapper ses ennemis.

L'ours numéro deux colle son épaule à l'un de ses SUV et le pousse vers l'arrière. Les roues fument alors qu'elles tournent dans le vide, et des hommes poussent des cris tout en tirant sur l'ours brun gigantesque. Les balles pénètrent sa fourrure, et il rugit.

— Bordel, marmonne Declan.

En un clin d'œil, je braque mon fusil. Les nuits où les cauchemars prennent le dessus et m'empêchent de dormir, je me rends à mon stand de tir improvisé et je tire sur toutes les boîtes de conserve vides que je trouve. Mon expérience portera forcément ses fruits.

Le SUV arrivé en dernier a fait demi-tour. Je plisse les yeux et vise le conducteur. Ma première balle atteint la portière. La deuxième fait exploser la tête de l'homme.

— Ce ne sont pas des vampires, lancé-je. Ce sont des humains.

J'ignore pourquoi ils conduisent des véhicules de vampires avec des vitres teintées et une odeur d'égouts, mais c'est un mystère que nous devrons élucider après avoir gagné la bataille.

Je tire encore et encore, mais je ne parviens pas à faire mouche avant qu'une pluie de balles fusent vers moi, m'obligeant à me mettre à l'abri.

— Venez chercher ! s'exclame Declan.

Il se précipite vers le van et ouvre la portière coulissante. Il soulève un panneau du plancher et en sort bouteille après bouteille. Marron et sans étiquette.

— Qu'est-ce que c'est ? demandé-je.

— Du tord-boyaux. Extra inflammable.

Il fait sauter un bouchon, et l'odeur me brûle les poils du nez. Il m'adresse un clin d'œil, et je ne peux pas m'empêcher d'esquisser un sourire.

Parker se rue vers lui, fourre un chiffon dans la bouteille et l'allume.

Declan descend lentement le chemin, caché derrière les

rochers, jusqu'à être en capacité de jeter son cocktail Molotov par la fenêtre ouverte de l'un des SUV.

Je m'empresse de poser mon fusil déchargé pour aider Parker à ouvrir une deuxième bouteille. Quand nous avons chacun notre propre cocktail, la bataille est déjà presque terminée.

L'ours numéro deux pousse le dernier SUV dans un autre véhicule, en direction de la falaise. L'ours numéro un ouvre le toit de son SUV comme une boîte de sardines et en sort les tireurs, qu'il jette de la montagne.

Je me dépêche de jeter ma bouteille dans l'un des SUV. L'ours numéro deux profite de cette diversion pour arracher le capot de l'autre véhicule, retirer le moteur, et le jeter sur le premier.

— Éloigne-toi ! me lance Declan.

Il se rue sur moi, son visage un masque terrifié. Il me fonce dedans, et nous plongeons derrière un rocher à l'écart de la route juste avant que les deux SUV explosent.

Les deux ours-garous poussent les carcasses en feu du haut de la falaise. Côte à côte, ils regardent les véhicules s'écraser contre la roche, puis ils se tournent l'un vers l'autre et se donnent une tape dans la patte.

Derrière moi, Laurie aide Allison à se mettre debout. Ils sont tous deux couverts de poussière, mais à part ça, ils semblent indemnes. Parker a l'air secoué, mais Declan danse comme s'il venait de marquer un but. L'odeur d'alcool de grain imprègne l'air. J'en connais un qui a décidé de boire l'un des cocktails Molotov.

Je me dirige vers lui à grands pas pour lui arracher la bouteille marron des mains. Rien que l'odeur me ronge l'œsophage, mais une fois que le liquide atteint mon ventre, il diffuse une chaleur bienvenue dans mes membres.

— Voilà une nana faite pour moi, dit Declan en se penchant vers moi, une main sur le cœur.

Il est vraiment charmant, avec ses cheveux bruns et ses yeux noirs qui pétillent. Je ne veux pas me montrer réceptive à ses tentatives de flirt, mais mon corps n'est pas du même avis.

— C'est dangereux, ce truc-là, grommelé-je en buvant une autre gorgée.

Declan agite les sourcils dans ma direction, et une drôle de sensation contracte mes parties.

— Plus tard, articulé-je à son intention avant d'aller saluer nos sauveurs.

Les ours-garous ont rapetissé pour reprendre la forme de deux jeunes hommes identiques, avec des épaules larges et des corps grands et secs, pleins de muscles. Leurs mains et leurs pieds sont gigantesques. Pourtant, ils n'ont pas encore fini de grandir. Ils dépasseront bientôt la plupart des métamorphes d'au moins une tête.

— Qui sont ces types ? demandé-je à Declan.

— Hutch et Canyon, répond-il en me les montrant tour à tour. Je crois.

— Canyon, c'est celui qui ne porte pas de tee-shirt, précise Parker.

— Des jumeaux ?

— Des triplés. Leur frère Bern était aux commandes de l'hélico.

— D'où viennent-ils ?

— De Bad Bear Mountain, me lance l'ours numéro un.

Il m'adresse un clin d'œil tout en passant devant moi pour aller ramasser son kilt sur la route.

Le deuxième frère arrive en trottinant, de nouveau vêtu de son kilt et de sa chemise ample.

— Moi, c'est Hutch. On a senti une drôle d'odeur, et on est venus enquêter.

— Et on a bien fait, dit l'ours numéro un, alias Canyon. C'est pas passé loin.

Il ramasse une bouteille de tord-boyaux et la renifle.

— Vous êtes assez vieux pour boire, au moins ? demande Parker en fronçant les sourcils.

Canyon hausse les épaules.

— Assez vieux pour sauver votre peau.

— Et on vous en est très reconnaissants, intervient Allison.

Le regard de Canyon s'attarde sur la beauté d'Allison. Sa voix perd une octave.

— C'était un plaisir.

Hutch et lui s'inclinent devant elle. Laurie cille et perd quelques plumes blanches.

Je lève les yeux au ciel. Les mecs tombent tous raides dingues d'Allison, et elle ne les remarque jamais. Les attentions de Laurie semblent lui plaire, toutefois.

— Alors, qui étaient ces types ? Et pourquoi est-ce qu'ils sentaient le vampire ?

— J'ai remarqué ça, moi aussi, dit Hutch en plissant le nez. Des humains engagés par des vampires, vous croyez ?

— Si c'est le cas, on ferait mieux de se bouger, répond Parker. Le soleil est sur le point de se coucher.

Les derniers rayons de lumière tombent sur nous, obliques, baignant le monde d'une lueur rouge et or.

— Vous allez où ? s'enquiert Hutch.

Parker lui explique notre mission.

— Le roi des vampires ? dit Canyon d'un air renfrogné. Vous croyez que ces types bossaient pour lui ?

— Si c'était le cas, ils nous auraient aidés, au lieu de nous pourchasser, réponds-je.

— Alors ils essayaient de nous arrêter ?

Declan lâche un grognement amusé.

— La politique façon vampires.

— Ils ne peuvent pas s'en prendre à Lucius, alors ils se rabattent sur nous, dis-je. Ils nous croyaient plus faibles.

— Ils croivent qu'on est pas capables de se défendre ? On leur a donné une bonne leçon ! dit Canyon.

Hutch lui donne un coup de coude.

— Grammaire.

Canyon lui adresse un doigt d'honneur, et Hutch lève les yeux au ciel avant de se tourner vers nous pour demander :

— C'est quoi, le colis que vous devez récupérer ?

Nous échangeons tous un regard.

— On n'en est pas sûrs, réponds-je. Mais c'est pour le roi des vampires. Ça pourrait être n'importe quoi.

— Remettons-nous en route, dit Parker en jetant un regard anxieux au soleil couchant. Si des vampires sont derrière tout ça, une fois la nuit tombée, on sera une cible facile.

Nous décidons de descendre la route à pied pendant que les ours-garous poussent le van et que Parker tourne le volant. Finalement, nous ne parcourons que deux kilomètres, car Bern arrive avec une Jeep.

— Tu tombes à point nommé, dit Canyon d'un ton satisfait.

— Je me suis dépêché de revenir.

Bern ressemble comme deux gouttes d'eau à ses frères, sauf qu'il est vêtu de noir, de son kilt à ses grosses bottes en cuir. J'aurais bien envie de les lui piquer, mais Bern vient de nous sauver la vie, et quoi que les gens pensent de mon animal, j'ai des valeurs.

Il fixe le van à son véhicule, et nous nous entassons tous

à l'intérieur, à l'exception de Canyon et de Hutch, qui décident de traquer l'odeur de l'ennemi. Ils sortent leurs paires de baskets du coffre - ce n'est que maintenant que je remarque qu'ils étaient pieds nus - et s'élancent dans les broussailles.

Cela ne nous empêche pas d'être serrés comme des sardines. Je finis presque sur les genoux de Declan.

— Pardon, dis-je.

Je remue, puis me fige. Je sens une bosse contre mes fesses, beaucoup plus grosse que je ne l'aurais cru chez Declan, qui n'est pas très grand.

— Pas grave, répond-il les dents serrées.

Il ne fait pas de sous-entendu, et sa voix contient une note mortifiée. Je suis tentée de me frotter à lui, mais je l'épargne et me perche sur l'un de ses genoux.

— C'est dangereux de faire beaucoup de route avec des vampires aux trousses, dit Parker.

Il n'arrête pas de regarder par-dessus son épaule. Moi aussi, je sens un frisson entre mes omoplates, comme si quelqu'un nous observait.

— Et il faudra bien qu'on dorme à un moment, renchéris-je.

Allison a les paupières lourdes. Elle se trouve sur les genoux de Laurie, tellement collée à lui que leurs odeurs se mêlent dans un mélange de fleurs sucrées et de coton duveteux. Ils forment un couple adorable. Ça devrait me préoccuper, mais je parie que Laurie serait prêt à tout pour la rendre heureuse.

Allison le mérite.

— Il nous faut une cachette, dit Parker.

— Je connais un endroit, répond Bern en appuyant sur l'accélérateur.

Chapitre Cinq

Declan

Le crépuscule est bien installé lorsque nous atteignons la cachette, qui se trouve être un minuscule chalet accroché au flanc d'une montagne enneigée.

— Mes frères vivent par ici. Et par là, indique Bern. Et tout là-bas. Oh, et Darius est là ce week-end. Son chalet se trouve dans cette direction.

— Tu as quatre frères ? demande Fiona.

Elle est assise sur ma jambe, son fusil entre les mains, penchée en avant pour ne pas peser sur moi de tout son poids. Je dois prendre sur moi pour ne pas enfouir le visage dans ses cheveux afin de la mordre et de la faire mienne.

— Cinq. Teddy et sa compagne sont en Californie.

Bern se gare, et Fiona ouvre la portière et sort comme une fusée.

Bien joué, Declan. Tu l'as effrayée, la pauvre.

— Où est-on ? demande Allison.

Laurie l'aide à sortir du véhicule, et ils restent main dans la main. Au moins, il a surmonté sa timidité, mais qui aurait pu croire que le hibou serait meilleur dragueur que moi ?

— Bienvenue à Bad Bear Mountain, dit Bern en nous menant au chalet. Vous serez en sécurité ici.

La porte s'ouvre dans un grincement, et il nous fait signe d'entrer.

Je m'attends à un truc de film d'horreur, mais les lieux sont propres et confortables, bien qu'exigus. Il y a un canapé près de l'entrée et un lit étroit contre le mur du fond. Un meuble de cuisine avec une plaque de cuisson et un mini frigo se trouvent de l'autre côté, près d'une fenêtre. Tout, des rideaux à la couverture du lit en passant par le plaid sur le canapé, est fait du même tartan vert et rouge.

— C'est petit, dit Bern. Juste une pièce, avec des toilettes dehors. Désolé.

— Ce n'est pas grave. Comme tu l'as dit, on sera en sécurité, ici. Personne ne repérera notre odeur, dit Parker avec diplomatie.

Il ne précise pas qu'une forte odeur d'ours-garou couvre absolument tout.

— Très festif, commente Fiona.

Elle se rend jusqu'à une bibliothèque chargée de livres de poche et touche aux figurines en bois qui la surmontent. De petits ours, renards et loups, tous vêtus de bonnets et d'écharpes. Allison et elle s'extasient devant.

Je déglutis. Ce chalet est mignon et festif, en effet, surtout lorsque Bern fait du feu dans la cheminée de pierre. On se croirait dans un film de Noël, et sans savoir pourquoi, je trouve soudain cela insupportable.

— Je vais monter la garde, annoncé-je en sortant dans l'air frais.

— Qu'est-ce qui lui prend ? demande Fiona derrière la lourde porte en bois.

Satanée ouïe de métamorphe. J'entends presque la pitié dans sa voix. Parker lui répond quelque chose que je suis soulagé de ne pas entendre.

Mon lévrier intérieur gémit. Il veut rejoindre Fiona.

— Je sais, grommelé-je. Je sais.

Je passe devant la Jeep de Bern et notre van en panne. Même l'air frais nocturne et l'odeur de la neige et des pins ne suffisent pas à briser la tension qui me prend à la gorge.

La porte du chalet s'ouvre à la volée, et Bern sort en trottinant. S'il remarque que je suis d'humeur massacrante, il ne fait pas de commentaire.

— Mon frère Axel est super doué avec les voitures. Je vais déposer votre van chez lui, il devrait être réparé d'ici demain matin.

— Merci, mec.

— Y a pas de quoi. J'enverrai mon frère Everest avec quelque chose à manger.

Sur ce dernier commentaire, Bern manœuvre la Jeep et le van avec expertise et s'en va.

Je soupire et lève les yeux vers le ciel étoilé, qui s'étale à perte de vue. Mon cœur se serre, aussi mou qu'un fruit trop mûr. Trop fragile pour être utile à qui que ce soit, et encore moins à moi.

J'entends une brindille se briser, et une délicieuse odeur de nourriture m'enveloppe. *Fiona.* Elle a dû me suivre dehors. Je ne me retourne pas.

— Tu comptes rester tapie dans l'ombre, ou tu viens me parler ? demandé-je.

Fiona émerge d'un côté du chalet en rejetant ses longs cheveux bruns derrière son épaule. Il y a une fine bande de peau bronzée entre son tee-shirt noir un peu court et son jean taille haute de la même couleur. J'ai envie d'y coller mon visage pour la humer.

Elle planterait sans doute ses petites dents dans mon oreille.

— C'est toi qui es tapi dehors, rétorque-t-elle.

Je lâche un petit rire dédaigneux.

— Tu boudes, alors. Pourquoi tu quitterais notre petit chalet bien chauffé pour rester dans le noir et le froid, sinon ?

— Toi aussi, tu es dehors, dis-je.

Fiona renifle.

— Ouais, mais ils sont en train de préparer du chocolat et du cidre chaud. Ça fait tellement petit foyer heureux que ça me file la gerbe.

— C'est clair.

Je suis bien d'accord avec elle. Ma poitrine serrée se détend légèrement, mais j'ai les mains qui fourmillent. Le moment est venu d'aller chercher une bouteille, mais j'ai oublié d'en récupérer une dans le van avant que Bern parte avec.

— Allison craque sur Laurie, annonce Fiona.

J'approuve.

— Je vais prévenir la presse.

— Hé, les hommes que je tolère sont rares. Mais ton pote ne sent pas mauvais. Et s'il lui fait du mal, je pourrai m'en servir pour garnir ma couette.

— Ce serait mérité.

Je trouve une bûche et balaye la fine couche de neige qui se trouve dessus pour m'asseoir. Fiona est toute proche, et mon animal est pleinement conscient de sa présence, prêt à bondir. Si je le laissais faire, il irait laper son odeur de petit-déjeuner à l'anglaise.

Je le tiens en laisse et renverse la tête en arrière pour prendre une goulée d'air nocturne.

Fiona finit par s'asseoir à côté de moi. Je perçois la

chaleur de son cœur à travers mes vêtements. Elle irradie sur mon flanc droit, tandis que mon flanc gauche reste froid.

— Il y a plein d'étoiles, ce soir, dis-je.

— Il n'y a pas beaucoup de pollution lumineuse par ici. C'est agréable.

J'ai la chair de poule. Je pourrais me rapprocher d'elle et passer un bras autour de ses épaules. La laisser se blottir contre moi. Enfouir mon nez dans ses cheveux noirs brillants, inhaler son odeur directement à la source.

Au lieu de ça, je regarde la lune.

— C'est une cabane que je vois dans les arbres ?

— Mais oui ! s'exclame Fiona en bondissant sur ses pieds.

Nous tordons tous les deux le cou pour l'observer. Il serait facile de passer à côté, car elle se fond parfaitement dans le décor, nichée entre trois pins gigantesques.

— Comment on fait pour y grimper, à ton avis ? demande Fiona.

Elle marche jusqu'au pied de l'un des arbres. Il n'y a pas d'échelle.

Je hausse les épaules.

— Aucune idée. Les ours grimpent aux arbres. Il faut peut-être juste... escalader le tronc ?

Elle me fait signe d'approcher l'un des autres pins porteurs.

— Par ici ! Il y a des barreaux fixés au tronc.

Elle a raison. De petits barreaux alternent d'un côté puis de l'autre jusqu'au plancher de la cabane, dans lequel un trou permet de se faufiler.

Nous grimpons et examinons le minuscule intérieur. Le sol de deux mètres sur trois est constitué de planches couvertes par un tapis en laine ovale. La cabane a beau être ouverte du côté qui surplombe la montagne, un toit large et solide empêche la neige d'entrer, et le tapis est sec et bien chaud.

Fiona s'installe dessus, adossée contre un mur pour admirer la vue. Je m'assois à côté d'elle.

— Vous vivez toujours à Tucson ? me demande-t-elle.

— Ouais.

Pendant un moment, nous avons vécu dans une série de mobile homes miteux et nous comptions sur nos paris faits au Fight Club pour payer le loyer. Notre appartement actuel nous est loué par le Roi Vampire. C'est sa façon de nous avoir toujours sous la main.

Je ne dis rien de tout ça à Fiona.

Elle inspire pour reprendre la parole, mais quelque chose bouge dans la forêt à quelques mètres de nous.

— T'entends ça ?

Les yeux de Fiona prennent une lueur blanche, puis rouge.

— Ça quoi ?

— Par là-bas, murmuré-je en indiquant la zone du doigt.

Nous retenons notre souffle, les yeux braqués sur la forêt noire. Quelque chose s'y déplace. Quelque chose d'énorme.

À la seconde où Fiona le voit, je suis prévenu, car elle m'agrippe le bras. Son contact me fait l'effet d'un courant électrique. Mon membre se réveille, et je serre les dents. Ce n'est pas le moment de lui sauter dessus. Même si elle est penchée devant moi, même si son odeur alléchante me submerge.

— Qu'est-ce que c'est ? siffle-t-elle.

Je n'arrive pas à le déterminer. On dirait un spectre gigantesque entre les arbres. Je hume l'air, mais l'odeur d'ours-garou est trop forte pour que je distingue quoi que ce soit d'autre.

La forme fantomatique se rapproche. Elle est énorme, mais ne fait pas le moindre bruit.

Mon lévrier irlandais lève la tête. Il n'a pas effrayé du tout, seulement curieux.

Fiona lève son fusil et vise.

Je la prends par le bras.

— Minute, papillon. Ne tire pas.

— Pourquoi ? chuchote-t-elle avec véhémence.

Elle a quand même le mérite d'ôter son doigt de la gâchette. Cette petite marque de confiance me fait l'effet d'une grande gorgée de whisky et me réchauffe de l'intérieur.

— Attends un peu, dis-je.

Les arbres remuent, et le géant émerge en contrebas, debout sur ses pattes arrière pour lever la tête vers nous.

— La vache.

C'est un ours blanc gigantesque avec un chapeau de père Noël perché sur sa grosse tête.

— Un ours polaire, chuchote Fiona.

L'ours hoche la tête et avance d'un pas traînant. Il a quelque chose entre les pattes avant. Il le pose par terre et repart comme il est venu, disparaissant dans la forêt comme s'il n'avait jamais existé. Nous nous accroupissons et reniflons le paquet tout chaud qu'il a laissé sur notre palier. Un gâteau est enveloppé dans un torchon, avec une odeur de zeste d'orange et de fruits séchés...

— Du cake ?

* * *

Laurie

La nuit est tombée, et la seule lumière provient de la cheminée, le seul son du craquement des dernières bûches. Il fait bien chaud et le chalet sent le cidre épicé.

Parker tire le canapé plus près du feu et se penche en arrière, les jambes étirées, son chapeau penché sur son visage. Il a l'habitude de dormir assis, de toute façon. Ça ne peut pas être confortable, mais il dit que ça l'aide avec ses cauchemars. Pour se sentir assez en sécurité pour dormir, son animal doit être prêt à fuir.

Je comprends ce besoin. Moi aussi, j'ai du mal à trouver le sommeil, la plupart du temps. Mon hibou est naturellement nocturne, bien sûr, mais il se fatigue « dès potron-minet », comme dit Declan, entre une heure et cinq heures du matin, et c'est là que mes cauchemars ont tendance à se manifester.

Ce soir, mon problème est tout autre. Je suis assis à côté de Parker sur mon coin du canapé, et je me fais violence pour ignorer mon besoin d'admirer la femme superbe sur le lit. J'ai rencontré Allison il y a plus d'un an, et je n'ai jamais cessé de penser à elle. Maintenant que nous sommes là, dans la même pièce, elle est comme un phare dans la nuit. Trop éblouissante pour la regarder directement, mais elle m'attire quand même, comme un insecte face à une flamme.

Je ferme les paupières, mais je ne peux pas échapper à son odeur. Elle sent le cake aux fruits et le cidre, ce qui nous a servi de dîner. Le gâteau était moelleux, doré et roboratif. Apparemment, c'est Everest, le frère de Bern, qui nous l'a apporté, ce qui explique la forte odeur d'ours qui imprégnait le torchon dans lequel le cake était enveloppé.

Cette odeur d'ours-garou est désormais peu perceptible, à côté de la supernova du délicieux fumet d'Allison. Mon hibou pourrait passer des heures à l'admirer, si je le laissais faire.

Je ne peux pas le laisser faire. Elle me prend sans doute déjà pour un type bizarre.

— Lawrence, murmure Allison.

Je manque de faire un bon.

Elle est réveillée, et elle tapote la couverture à côté d'elle.

Je réalise ce qu'elle veut, et ma peau se met à chauffer comme si j'étais trop près du feu.

— Je n'arrive pas à dormir comme ça. Tu peux me prendre dans tes bras ?

Oh. Ooooh.

C'est officiel. Je suis mort et je viens de passer les portes du paradis.

Je me lève du canapé et me dirige vers elle. Je suis obligé de pencher la tête à cause du plafond en pente. Allison a enfilé un short et un débardeur de pyjama dorés, avec un élastique pour les cheveux assorti, et la vue de sa peau nue m'achève presque. Mon membre gonfle douloureusement, pressé contre mon jean. Je marque un arrêt et supplie mon érection de se calmer.

— Tout va bien ?

Sa voix douce me fait presque jouir sur-le-champ.

Je hoche la tête et me couche précautionneusement à côté d'elle dans le petit lit simple. Je garde les bras raides de chaque côté de mon corps et m'assure de ne pas la toucher.

Ça fonctionne, jusqu'à ce qu'elle soupire et roule contre moi, pressant son corps parfait contre le mien. Je déglutis et tente de penser au base-ball.

— Merci, dit-elle. Je suis fatiguée, mais sur les nerfs. Je suis toujours comme ça, après avoir dépensé autant d'énergie pour appeler à l'aide.

— C'était c-c-cool. Ce q-q-que tu as f-f-fait.

— Parker ne pensait pas que ça marcherait. Moi aussi, j'ai douté, mais les ours ont fini par arriver.

— C'est t-t-toi qui les as fait v-v-venir.

— Je pense. Ça a bien fonctionné. Mon animal préfère éviter de se battre.

Quel est ton animal ? Ces mots ne passent pas la barrière de ma langue. Elle a peut-être une bonne raison de garder le secret. Elle est peut-être comme Parker, un mélange d'animaux qu'elle-même n'arrive pas à distinguer.

Je la laisserai me le révéler quand elle le souhaitera.

Elle se pelotonne contre moi et répète :

— Merci.

Puis elle ajoute, dans un murmure si bas que je l'entends à peine, malgré mon ouïe de métamorphe :

— Je me sens en sécurité avec toi.

Je penche la tête vers elle et frotte doucement ma joue à ses boucles brunes à l'odeur divine. J'ai envie de l'étreindre, mais je ne devrais pas m'approcher davantage.

Elle pose la tête sur ma poitrine et prend ma main pour la placer sur sa hanche. Je ravale un gémissement. Je meurs d'envie de la faire rouler sur le dos et de m'emparer de ses lèvres.

Au lieu de cela, je colle ma paume à ses courbes et respire lentement et régulièrement jusqu'à ce que son corps se détende.

Ses cils noirs papillonnent sur sa peau sans défauts. Son souffle devient plus profond, et je sais qu'elle s'est endormie. Si j'étais plus courageux, je presserais mes lèvres contre ses cheveux. Mais je choisis de m'imaginer en train de le faire encore et encore, et je laisse ce joyeux fantasme me porter toute la nuit.

* * *

Fiona

La lune monte en direction de minuit. Declan et moi restons assis sur le sol de la cabane dans les arbres. La température a plongé, mais les murs nous protègent du vent, et nous avons un tas d'épaisses couvertures en laine. Je me suis enveloppé les jambes avec l'une d'entre elles pour rester bien au chaud. Je n'ai pas encore eu l'audace d'inviter Declan à la partager avec moi.

J'ai envisagé de le laisser seul avec ses pensées, mais mon animal ne me permet pas de le quitter. D'habitude, en présence d'hommes, elle est nerveuse, mais Declan est différent. Son odeur a une touche amère. Elle me pique le nez, mais ça ne me dérange pas. Mon odeur a parfois la même amertume.

— Alors, tu as des projets pour Noël ? demandé-je.

— Noël ? Connais pas.

— Je te comprends. Depuis que les esclavagistes nous ont enlevées, on n'a jamais vraiment fêté Noël.

— Qu'est-ce qu'il y aurait à fêter ?

C'est tellement sinistre que mon cœur rate un battement.

— Bon sang, marmonné-je.

Declan prend une inspiration.

— Merde. Désolé. Je suis d'humeur massacrante.

— Sans déc'.

Mais quelque chose dans son profil me donne envie de poser la main sur sa joue et de le réconforter.

Sentir sa peau sur la mienne ne me déplairait pas non plus.

Il sort sa flasque et en boit une gorgée. Il me la tend, et

je la prends, mais je ne bois pas. Ses doigts ont laissé une odeur de whisky sur le métal, et il me suffit de la humer pour trouver du courage.

Quand je lui rends sa flasque, nos mains se touchent, et un frémissement me parcourt.

C'est maintenant ou jamais.

— Tu sais ce qu'il me faut ? dis-je du ton le plus nonchalant possible.

— Quoi ?

— Une bonne baise.

Je remue les hanches sous la couette pendant qu'il s'étouffe en pleine gorgée de whisky.

— Ça fait un bail. Depuis...

Je laisse ma phrase en suspens. Je n'ai pas besoin de dire « depuis que les esclavagistes m'ont enlevée. » Il comprend.

Il toussote à plusieurs reprises pour s'éclaircir la gorge.

— Pareil pour moi, dit-il.

— C'est vrai ?

Il hausse les épaules.

— Ça remonte à loin, commenté-je.

Il a été enlevé par les esclavagistes et vendu à une entreprise du nom de Data X il y a un bon moment. Plusieurs années, au moins.

— À qui le dis-tu ! s'exclame-t-il.

Je lève les yeux vers la lune. Son odeur me colle toujours aux lèvres. Je l'imagine sur ma peau, et mon corps se languit. Le désir lancine agréablement mon entrejambe.

Dans une bouffée d'énergie, je repousse ma couverture et m'assois sur lui à califourchon, mes mains sur ses épaules solides.

Puis je me fige. Ses yeux prennent une vive lueur verte.

— C'est une mauvaise idée, dit-il.

Mais ses mains se posent sur ma taille. Je porte mon

habituelle veste en cuir un peu courte et un jean noir et ample. L'un de ses doigts effleure ma peau nue, et je frémis de plaisir.

— On pourrait oublier tout ça. Juste pour cette nuit, dis-je.

Je me penche sur lui et fais ce que j'ai envie de faire depuis que je l'ai rencontré. Je me frotte doucement à sa tempe et inhale son odeur complexe, avant de donner un petit coup de langue à son oreille.

Son souffle est saccadé. Son sexe durcit, m'offrant une cible sur laquelle onduler.

— Juste pour cette nuit ? répète-t-il d'une voix rauque. Il va falloir se donner à fond.

Il s'empare de mes hanches avec plus de force pour me frotter à la bosse dans son jean. Pile sur la crête de son érection.

J'ondule sur lui. Ce mouvement suffirait à me faire jouir. Je vais et viens, me frottant de plus en plus fort jusqu'à ce qu'il m'interrompe.

— Du calme, ma belle. On a toute la nuit.

C'est vrai. Je hoche la tête, haletante.

Avec un sourire, j'ouvre ma veste et soulève mon tee-shirt court. Je porte un soutien-gorge noir basique, mais les yeux de Declan s'illuminent comme si j'étais un mannequin lingerie. Je me cambre légèrement pour mettre mes seins en valeur. Ils sont petits, mais bien galbés.

Puis je me souviens de mes cicatrices. Le clair de lune qui filtre par la partie ouverte de la cabane dévoile claire-ment ces entailles laissées par une main violente.

Des doigts me serrent le cou, la fumée âcre d'une ciga-rette me balaye le visage, une douleur brûlante explose dans mon ventre.

— *Tu vas te tenir à carreau maintenant, hein ?*

Je cligne des yeux et reviens à moi. La nuit est claire et froide, la lumière crue sur ma peau balafrée.

L'expression de Declan est devenue plus sombre, mais ses mains se referment sur ma taille, comme pour me rassurer. Leur chaleur me ramène au moment présent.

Voilà, mon odeur a elle aussi une note amère, là.

— J'ai eu des ennuis, dis-je.

Il en faut beaucoup pour blesser un métamorphe, et nous gardons rarement des cicatrices. Mais quand vos ravisseurs se servent de sang de vampire...

— Mais je vais mieux.

— C'est vrai, hein ?

Il soutient mon regard. Il semble comprendre ce que j'ai enduré, ce que je suis devenue à cause de ces expériences tordues. Il n'y a pas de pitié dans son expression, seulement une acceptation pleine et entière. Quelque chose que je n'avais encore jamais connu avec une telle intensité.

Je redresse l'échine, lève le menton. Le sentiment de panique qui m'oppresse souvent s'évapore face au respect de Declan.

— Oui, réponds-je.

Mon cœur a ralenti. Je pose ma main sur la sienne et la déplace légèrement pour écarter ses doigts sur mon ventre.

Il caresse la plus longue de mes cicatrices. Son contact est tellement agréable que c'en est douloureux.

Personne ne m'a jamais touchée à cet endroit depuis que j'ai subi ces entailles. Pendant très longtemps, j'étais trop à fleur de peau, trop blessée pour laisser quiconque me toucher. J'avais peur que cela me donne l'impression d'être écorchée à nouveau, et c'est un peu le cas, mais ça fait du bien. Comme quand on incise une plaie pour lui permettre de cicatriser correctement.

Declan continue de me caresser avec révérence. Et mes

cicatrices ont beau être laides, les voir encadrées par les doigts rudes de cet homme est terriblement beau.

— C'était une punition, dis-je. Ils voulaient me marquer. Me défigurer.

— Ils ont échoué. T'es à tomber par terre.

Je me penche et presse mes lèvres aux siennes pour qu'il se taise. Il a un goût de whisky, de nuits fraîches et de secrets, et je gémis légèrement. Je me colle davantage à sa chaleur pour pouvoir le goûter davantage.

Nous nous embrassons longuement, nos langues en pleine danse. J'ai envie de le lécher sous toutes les coutures, à l'intérieur comme à l'extérieur.

— Ne t'inquiète pas, dit-il.

Il soulève son tee-shirt. Je mets un moment à comprendre ce qu'il me montre. Son torse est tout en muscles, bien formé, mais couvert de petits creux ainsi que de longues marques causées par les entailles d'un couteau ou d'un scalpel.

Lui aussi a des cicatrices.

— Je peux ?

J'attends qu'il hoche la tête pour toucher sa peau. Il frissonne et se couvre de chair de poule, mais il me laisse caresser sa chair meurtrie.

Sur un coup de tête, je me baisse et dépose un baiser sur sa peau.

Il frémit.

— Fiona...

Il pose les mains sur mes joues et me fait reculer pour me regarder. C'est à son tour de m'embrasser, de me faire oublier de le toucher à un endroit trop vulnérable.

Sa barbe naissante me gratte le visage. Je baisse sa tête vers mes seins, impatiente de le sentir contre ma peau sensible, la légère douleur contrastant avec le plaisir intense.

Je porte les mains à son jean.

— Tu es beaucoup trop habillé.

Il me pousse sur le dos, allongée, pour permettre à sa bouche d'atteindre encore plus de peau nue. Mes mains sont occupées à chercher le bouton de son pantalon. Il arrête d'embrasser mes seins le temps de m'aider. Une fois sa braguette ouverte, je le fais rouler et le chevauche à nouveau. Le sol est couvert de feuilles, mais je m'en fiche.

Il enlève mon soutien-gorge et se redresse pour sucer l'un de mes tétons. La sensation me traverse, si délicieuse que je saisis sa tête pour la maintenir en place. Je me frotte à son sexe nu.

— Je te veux en moi.

Il grogne, et cette vibration me donne presque un orgasme. Je caresse son érection et décris des va-et-vient. Il est prêt, et je suis assez mouillée pour l'accueillir.

Il tire sur mon jean, et je lève les fesses pour lui permettre de me l'enlever. Il est très maladroit, alors je le laisse nous faire rouler à nouveau pour qu'il puisse descendre mon pantalon le long de mes jambes. Je me débarrasse de ma culotte et plaque Declan sur le dos. J'ai besoin d'être au-dessus, et il me laisse faire. Ses mains me caressent l'arrière des cuisses comme pour me rassurer.

J'ajuste ma position jusqu'à ce qu'il se retrouve contre mon entrée, mais lorsque je tente de le faire glisser en moi, je suis trop serrée.

— Oh, merde, m'exclamé-je.

— T'inquiète, murmure-t-il. Je suis pas pressé.

J'enfonce les ongles dans ses épaules.

— J'en ai envie, dis-je dans une plainte.

Dès que je m'étire un peu plus, je me laisse descendre.

— Ooooh, gémissons-nous ensemble.

Il frotte son visage contre le mien, me mordille les

lèvres. Ses mains se referment sur mes fesses, pas pour me pousser, seulement pour me tenir. J'avance le bassin et m'enfonce un peu plus.

Nos bustes sont collés l'un à l'autre. Je blottis le visage dans le creux de son cou et prends le temps de m'habituer à la sensation.

— C'est trop bon, dis-je.

Je claque des dents, pourtant je n'ai pas froid. Il me caresse les cheveux.

— Ouais, ma belle. T'es incroyable.

J'embrasse sa mâchoire. Il trouve mes lèvres, et nous nous embrassons ainsi, avec douceur, sans empressement, pendant que son membre gonfle davantage en moi. Je finis par être en mesure de le prendre plus profondément, et lors-qu'il se met à bouger, il applique la pression idéale contre mes parois intérieures.

— Oh, oui, soupiré-je.

Il me donne un petit coup de reins, et j'ondule contre lui. Après quelques tentatives, nous trouvons notre rythme, d'avant en arrière, d'avant en arrière, jusqu'à ce que son sexe stimule une zone en moi qui me submerge à nouveau de plaisir.

— Oui, dis-je les dents serrées. Encore.

Nous sommes tous les deux couchés sur le côté, à présent, face à face. Je passe une jambe autour de sa hanche, et il s'empare de mon genou pour le lever plus haut. Cette position ne devrait pas fonctionner, et pourtant, nous nous balançons dans une synchronisation parfaite.

Il stimule une nouvelle zone sensible, et je lui griffe le dos.

Ses iris prennent une teinte d'un vert sauvage.

Mes dents me font mal, et mes canines deviennent plus acérées. Mon animal est proche de la surface et me tance pour que je dénude l'épaule de Declan pour le mordre. À la place, j'enfouis le visage dans son tee-shirt et hume son odeur.

Il s'enfonce profondément en moi, et cette pression couplée à son odeur douce-amère me propulse dans l'extase. Son tee-shirt étouffe mon cri. Au-dessus de moi, il lâche soudain un rire surpris et me suit dans le plaisir. Son membre s'allonge encore tandis qu'il jouit, déclenchant des ondes de choc qui me font frissonner dans ses bras. Il m'allonge sur le dos et m'embrasse sauvagement : les joues, le buste, les mâchoires. Il s'attarde dans mon cou, ou en tout cas, c'est l'impression que j'ai, mais il finit par trouver mes lèvres, et nous nous embrassons avec lenteur, douceur, pendant que son érection se ramollit en moi.

Il attrape une autre couverture pour nous couvrir. Elle est lourde, elle gratte, elle est parfaite. Elle retient notre chaleur enfiévrée et nous permet d'être bien à l'aise. Declan me prend dans ses bras, et je me pelotonne contre lui. Jamais je n'aurais imaginé qu'il aimait les câlins.

Mais après tout, jamais je n'aurais imaginé que *moi*, j'aimerais ça.

— C'était sympa.

Il grogne, et je me corrige :

— Plus que sympa.

Sentir sa chaleur et son poids à mes côtés me semble tout naturel.

Je souris face aux étoiles. L'air nocturne est mordant, mais nous sommes bien au chaud sous la couverture.

— C'est superbe, là-haut. Je pensais que ce serait bizarre, avec tous les ours-garous qui traînent dans le coin, mais ce n'est pas si mal.

— Je m'attendais à ce que vous viviez à proximité de la meute de Tucson, dit-il. C'est plus sûr.

Je hausse les épaules.

— On préfère vivre à l'écart de la ville. Enfin, c'est mon cas, et ça ne dérange pas Allison.

Il ne dit rien, mais j'ai envie de me livrer davantage.

— Mon animal n'aime pas être à proximité d'autres métamorphes. Il ne leur fait pas confiance. C'est mon ancienne meute qui m'a vendue aux esclavagistes.

— Bordel.

— Ouais.

Je souffle un long filet de buée dans l'air. Je n'en ai jamais parlé à personne, mais avec Declan, c'est facile.

— Apparemment, je ne m'étais pas aussi bien intégrée que je le pensais.

Il garde le silence, mais je sens qu'il comprend ce que ça fait, de ne pas trouver sa place.

— Et toi ? demandé-je. Vous n'appartenez pas à une meute, avec tes amis ?

— Nan. On reste dans notre coin.

— L'union fait la force, le grondé-je pour rire.

Il hausse un sourcil broussailleux.

— Je pourrais te dire la même chose.

Je grogne. Il a raison. Allison et moi serions plus en sécurité au sein d'une meute. Mais à supposer que nous trouvions des métamorphes dignes de confiance, quelle meute nous accepterait ? Les loups de Tucson sont sympas, mais nous ne sommes pas vraiment à notre place avec eux. Nos animaux savent faire la différence entre la tolérance basée sur la pitié et une véritable acceptation.

Si seulement nous étions comme les ours-garous... Ils ont tendance à être solitaires, mais leurs animaux sont si violents et imposants qu'ils n'ont pas à craindre pour leur sécurité. Même les vampires n'osent pas les emmerder.

Mon animal fait la tête, alors je change de sujet :

— Qu'est-ce que tu veux pour Noël ?

— Pourquoi ? Tu veux jouer à la mère Noël sexy ? Réaliser tous mes rêves ?

Je prends une voix grave et sensuelle :

— Peut-être bien...

Il inhale profondément, et l'air froid devient sirupeux.

— J'aimerais bien qu'il neige, dit-il.

— Il fait déjà bien assez froid comme ça. Quelques degrés de moins, et je ne serais pas là avec toi. Tu es content que je sois venue, non ?

— Oh, que si, ma belle. Et je pense que tu peux le sentir.

Il se tourne légèrement, et son érection s'enfonce dans ma jambe.

Je hausse un sourcil.

— Encore ?

Il se met à rire, et ce son délicieux me fait fondre.

— Pourquoi pas ?

Chapitre Six

Declan

Le souci, quand on dort dehors, c'est qu'on se réveille à l'aube. Malheureusement, Fiona s'est levée avant moi, et elle est introuvable. Son odeur mène au chalet, alors j'imagine qu'elle est partie se réchauffer là-bas.

Dommage. Mon membre était prêt pour un autre round.

Juste pour cette nuit.

C'est mieux qu'elle ne soit pas restée à mes côtés. Mes canines sont acérées, prêtes à lui donner une marque d'union, et mon animal est dérouté. Il veut savoir pourquoi je ne l'ai pas mordue pendant que j'en avais l'occasion.

La porte du chalet s'ouvre en craquant, et Parker en sort.

Il renifle théâtralement et me repère dans la cabane.

— J'en connais un qui s'est bien amusé hier soir.

Je me renfrogne.

— Quoi, tu n'es pas de bonne humeur ? Tu t'es envoyé en l'air.

— Vas-y, gueule encore plus fort. Ils t'ont pas entendu de l'autre côté de la montagne.

Je me lève et me débarrasse de la couverture. Le tissu est imprégné de mon odeur combinée à celle de Fiona, un mélange qui me fait presque tomber à genoux. J'ai envie de la plier en deux et d'enfouir le visage dedans. J'ai envie de me ruer sur Fiona, de plonger mes crocs dans son cou et de la marquer comme il faut pour faire d'elle ma compagne.

Au lieu de cela, je m'oblige à plier soigneusement la couverture.

— Calme-toi, mon pote, dit Parker. Je te félicite, c'est tout.

— Pourquoi ? On s'est juste défoulés un peu.

Je descends le long du tronc et me laisse tomber sur le sol enneigé.

Parker me rejoint.

— Alors... elle ne te plaît pas ?

Il a baissé la voix, mais une métamorphe pourrait quand même l'entendre, si elle tendait l'oreille. J'espère que ce n'est pas le cas.

— Si, elle me plaît. Mais qu'est-ce que ça change ? Elle voulait seulement une histoire d'une nuit.

— Mais toi, tu en veux plus ? Tu le lui as dit ?

— Non. Pourquoi j'ferais une chose pareille ? Qu'est-ce que j'ai à lui offrir ? Quand la mission sera terminée, on retournera à notre vie pourrie et on picolera jusqu'à ce que le Roi Vampire nous prenne en pitié et nous file un autre boulot.

— Et Noël ? Tu étais tout content de le fêter.

— J'avais tort. T'avais raison. Ça sert à rien de faire semblant d'être heureux. Ça nous rappelle seulement ce qu'on est vraiment. Déprimés et seuls.

Je donne un coup de pied dans une pomme de pin.

Parker reste silencieux. Je sens qu'il veut me contredire, mais comment le pourrait-il ? Il ressent la même chose.

Je me secoue. Mon lévrier gémit, et il passera la journée à se morfondre, si je le laisse faire.

— Je vais aller chercher le van et un truc pour le petit-déj. Ensuite, on terminera cette mission à la con, histoire de pouvoir rentrer chez nous.

* * *

Parker

En milieu de matinée, nous sommes tous debout et rassemblés autour du van fraîchement réparé. Axel, le frère des triplés, a fait des merveilles. Quelqu'un a même placé un sac en toile de jute mouillé autour du pied du sapin, qui semble déjà en meilleure forme, toujours attaché au toit.

Allison, Laurie et Declan grimpent à l'arrière, et Bern ferme la portière coulissante.

— Vous êtes sûrs de ne pas avoir besoin de renforts ? demande Hutch, penché à ma fenêtre. On a un contrôle de sciences, aujourd'hui, mais on pourrait vous escorter...

— Vous en avez déjà assez fait, dis-je.

J'agite la main en direction de la jauge à essence, qui indique que le plein a été fait.

— Plus qu'assez, même. Allez passer votre contrôle.

— T'es sûr ? On peut téléphoner à un pote, intervient Canyon en brandissant son portable. J'ai un putois dans mes contacts, et laisse-moi te dire que ça fait des jours qu'il bouffe des haricots.

— C'est très généreux. Mais on va devoir refuser. Ça m'étonnerait qu'on ait des ennuis aujourd'hui.

— Pourquoi les vampires sont à vos trousses, au fait ? demande Bern.

— Ils n'ont aucune raison de nous pourchasser, dit Fiona. Sauf s'ils cherchent à mettre la pagaille.

— Peut-être qu'ils ne veulent pas que M. F. offre son cadeau à sa compagne, suggère Allison.

— Est-ce qu'ils pensent qu'elle le quitterait pour ça ? demande Fiona.

— Qui sait ce qui leur passe par la tête ? dis-je. Essayer de comprendre les intrigues politiques des vampires, c'est le plus sûr moyen de se retrouver avec un mal de crâne.

— Bon, très bien alors. Si vous êtes sûrs que vous n'avez besoin de rien d'autre.

Hutch recule, et je démarre. Trente minutes plus tard, nous sommes de retour sur la voie rapide qui serpente jusqu'à Taos.

— Encore une heure et demie de route avant d'arriver au point de rendez-vous, annonce Fiona.

— Comment il sait où nous envoyer, le Roi Vampire ? grommelle Declan.

Il est d'une humeur de chien depuis qu'il s'est réveillé.

— Il y a un traceur dans le cadeau, répond Allison. Et quand on se rapprochera, je serai en mesure de le sentir.

— Qu'est-ce que c'est, d'ailleurs ? Le cadeau ? m'en-quiers-je.

Le sourire d'Allison illumine tout son visage.

— Tu verras.

— Ça a intérêt à valoir le coup, dit Declan.

— M. F. estime que ça vaut le coup, intervient Fiona. Et c'est lui qui paye.

— Moi, je t-t-trouve ça m-m-mignon.

— Oui, très mignon, dit Allison. M. F. est prêt à tout pour faire le bonheur de sa compagne.

Elle se blottit contre Laurie, qui rougit, mais ne perd pas de plumes. Je ne l'ai jamais vu aussi à l'aise.

Nous gardons tous le silence, le regard braqué sur les flancs des monts Sandia, sur les maisons en adobe, les fresques représentant des buffles sous les ponts routiers. Les kilomètres s'égrènent sans difficulté, comme les grains d'un sablier. Le trajet n'est pas désagréable, et j'ignore ce qu'Alex a fait au van hier soir, mais notre véhicule a retrouvé sa vitalité. Plus notre destination se rapproche, cependant, et plus mon animal se raidit. Une fois dans le canyon, nous n'aurons plus de réseau, et cela me rend nerveux. Ce serait le moment rêvé pour nous tendre une embuscade.

Fiona semble partager mon malaise. Elle sert son fusil contre elle.

— C'est pas très malin de prendre le risque de voler un Roi Vampire, me dit-elle à voix basse. Est-ce qu'on est bien sûrs que des vampires sont derrière tout ça ?

— Je ne suis sûr de rien. Mais qui veux-tu que ce soit d'autre ?

Cette idée ne me rassure pas. Lorsque nous atteindrons Taos, il nous restera encore plusieurs heures de soleil. Mais parviendrons-nous à récupérer le colis et à rentrer avant le crépuscule, quand les vampires seront libres de sortir ?

Un corbillard au moteur gonflé, noir mais avec des jantes tunées, nous dépasse à toute vitesse.

— C'est quoi ce bordel ? dit Declan en le montrant du doigt.

— Ça, ça a tout du véhicule de vampire, raille Fiona.

— T'es sûre ?

— Il a des fenêtres tintées pour cacher le soleil.

— Les SUV d'hier soir aussi avaient des vitres teintées, rétorque Declan. Et ces types étaient humains.

— Les vampires peuvent engager des humains, interviens-je. Et se permettre ce genre de modifications. Ils sont tous riches.

— Ouais, pourquoi, d'ailleurs ? demande Fiona. On ne voit jamais de métamorphes avec autant de fric. Sauf les anciennes dynasties ou le roi de Jackson. Ou les vieilles fortunes new-yorkaises.

Je hausse les sourcils. Je ne me doutais pas qu'elle en savait autant sur les métamorphes, vu qu'elle vit à l'écart du monde en plein désert.

— Les intérêts composés, dis-je. Tu investis de l'argent et tu attends quelques décennies. Ensuite, tu transfères les fonds sur des investissements plus modernes et tu recommences. Au bout de plusieurs siècles, même une petite mise de départ finit par engranger des millions, voire des milliards.

— Hein ? lâchent Fiona et Declan à l'unisson.

Allison, elle, hoche la tête.

— C'est des maths, dit-elle pour toute explication.

— Oh, marmonne son amie.

Mes mains se resserrent sur le volant. Je déteste parler de vampires.

Nous avons parcouru la moitié du canyon lorsque des SUV noirs avec des vitres teintées apparaissent derrière nous, et je suis presque soulagé.

J'appuie sur l'accélérateur, mais ils gagnent du terrain, et avec les parois rocheuses qui s'élèvent autour de nous, il n'y a aucune issue. À ma gauche, le soleil fait miroiter la rivière.

Nous passons un virage, et le corbillard nous barre la route, flanqué de deux autres SUV noirs. Nous sommes coincés entre eux et nos poursuivants, sans échappatoire.

Je donne un coup de volant. Les pneus crissent sur le gravier, et tout le monde fait un bond sur son siège.

Declan grommelle des jurons, et Laurie se prend la tête dans les mains, réconforté par Allison.

— Accrochez-vous !

— Où... où on va ? balbutie Fiona tandis que le van cahote follement sur la roche.

Je suis en train de saccager le dur labeur d'Alex. Même si nous parvenons à nous enfuir, nous ne parviendrons peut-être pas à conduire beaucoup plus loin.

Nous avons remonté la paroi du canyon, mais il n'y a qu'un point de vue. À quelques mètres de nous se trouve la falaise sur le fond bleu du ciel. Plus de route, pavée ou non. Rien que de l'air.

Il n'y a pas de fuite possible.

Sur la banquette arrière, Allison et Laurie s'enlacent de toutes leurs forces. Declan et Fiona sont agrippés aux poignées de maintien situées au-dessus de leurs portières respectives. Tout le monde se prépare déjà du mieux qu'il peut.

Je jette un regard à Fiona, et elle hoche la tête, ses yeux noirs avec une lueur rouge.

— Vas-y, dit-elle.

Pas le choix. J'appuie sur le champignon. Le compteur de vitesse passe en zone rouge. Je fonce droit devant, et nous défonçons le garde-corps pour nous jeter dans le vide.

Chapitre Sept

*L*aurie

Nous planons. Mon hibou le sait tout comme il sait déployer ses ailes et les orienter au mieux pour se faire porter par le vent.

Sauf que je ne vole pas, là, pas vraiment. Je suis coincé à l'arrière de ce van, plié en deux. Allison est blottie sur mes genoux, et je la couvre de mon corps, le visage enfoui dans ses cheveux parfumés.

Si je meurs, je mourrai enveloppé par son odeur. C'est comme ça que je voudrais quitter cette Terre, mais pas tout de suite. Pas comme ça.

J'ai une sensation de chute dans le ventre, puis j'entends un grand vacarme lorsque les pneus du van entrent en contact avec la roche. Ma tête est projetée contre le siège devant moi, et Allison pousse une plainte. Elle s'agrippe encore plus fort à mes jambes, et je fais de mon mieux pour la protéger pendant que le van dévale le flanc de la falaise, percutant tous les rochers et les buissons qui se trouvent sur son chemin.

— Aaaaaaaaaaah !

Quelqu'un hurle, s'époumone. Declan et Fiona, en chœur. La voix de Declan une octave plus haute que la sienne.

Nous nous écrasons au sol, et les portières s'ouvrent toutes seules. Fiona et Declan sortent en titubant. Je traîne Allison hors du véhicule. Un sifflement me dit que le van risque d'exploser.

Sa partie avant est froissée. De la fumée s'échappe du capot.

Parker nous rejoint en vacillant, son chapeau à la main. Un filet de sang lui coule sur le front, mais il l'essuie, et sa peau se referme déjà.

Fiona se tourne vers lui, furieuse.

— Parker, tu déconnes ou quoi ? Tu nous as jetés d'une falaise !

— Qu'est-ce que tu voulais que je fasse d'autre ?

— Que t'évites de nous tuer ! intervient Declan.

Parker agite la main en direction du corbillard, à l'arrêt au sommet de la falaise.

— C'est eux qui essayent de nous tuer ! Il fallait qu'on leur échappe.

— Notre van est foutu, maintenant, dit Fiona.

Elle donne un coup de pied dans un pneu, et le pare-brise se fend davantage.

Des SUV apparaissent à côté du corbillard. Leurs portières s'ouvrent.

— Euh, les gars ? lance Allison en indiquant leurs poursuivants. Ils arrivent.

Des silhouettes noires quittent les véhicules et se dirigent vers le bord de la falaise. Ils cherchent un chemin pour nous rejoindre.

— Merde. Il faut qu'on s'en aille, dit Fiona.

— Où ça ? demande Allison en me serrant dans ses bras.

— Laurie, me lance Parker. Tu peux te transformer ? Mettre Allison en sécurité ?

Fiona tourne brusquement la tête vers moi.

— Tu peux faire ça ? Te transformer ?

J'ouvre la bouche, mais aucun son n'en sort. Je n'ai plus de voix.

— Hé, intervient Allison. Je pourrais m'envoler de moi-même, si je voulais. Je ne vous laisserai pas.

Fiona l'ignore, et les yeux rougeoyants, elle me gronde :

— Fais-le. Emmène-la loin d'ici.

— Il peut pas faire ça sur commande ! lui dit Declan d'un ton cassant. Il faut qu'on trouve un autre moyen.

Mon hibou se ratatine dans un coin de mon esprit. Je baisse les yeux vers le visage levé d'Allison. Le vent fait souffler l'odeur métallique de nos ennemis jusqu'à moi.

Ils arrivent. Le van est fichu. Nous n'avons aucune issue, sauf si j'arrive à me transformer et à nous emmener loin d'ici à tire-d'aile.

Il faut que je le fasse. C'est la seule solution.

J'étire un bras et me concentre pour qu'il se couvre de plumes. Mais mon hibou refuse de montrer le bout de son bec.

Allison pose une main sur mon cœur.

— Ce n'est pas grave, Laurie, murmure-t-elle.

Sa bonté est tellement grande qu'elle me pardonne de ne pas nous sauver.

Mais quand elle me touche comme ça, je me sens capable de tout.

Les grands yeux de mon hibou cillent. *Il faut qu'on le fasse*, lui dis-je. *C'est la seule façon de la protéger.*

Il a envie de battre en retraite. Il a peur, depuis le jour où je me suis réveillé derrière les barreaux d'argent de Data X.

Tu n'es plus en cage. Tu es libre. Et elle a besoin de toi.

Un fourmillement court dans mon dos. Dans les profondeurs noires de ma psyché, mon hibou secoue ses plumes.

Il est prêt.

Je saisis fermement la main d'Allison et l'embrasse. Puis je me redresse de toute ma taille, ôte mes lunettes et les lui remets.

Elle hoche la tête d'un air solennel. Elle comprend.

— Je les mets à l'abri, me dit-elle.

Fiona a son fusil à la main et regarde par la lunette. Declan et Parker sont juste derrière elle, en train de se disputer à voix basse.

— M-m-montez dans le v-v-van, ordonné-je.

Allison refusera d'abandonner ses amis, il faudra donc que je les emmène tous.

Parker semble dubitatif. Declan ouvre la bouche pour protester. Les silhouettes commencent à descendre de la falaise comme des fourmis noires.

— M-m-maintenant ! m'écrié-je.

Tout le monde se tait et se dépêche d'obéir.

Je recule et ferme les paupières pour imaginer le beau visage d'Allison. Je lève les bras. Au loin, j'entends un coup de feu. Notre ennemi nous tire dessus.

MAINTENANT ! J'appelle mon hibou... et il vient. Ma Transformation s'effectue, douce mais rapide, et déferle sur moi comme un nuage orageux. Je grandis, déchirant mes vêtements. Ma peau me picote alors que chaque pore se voit pousser une plume géante. Blanches et épaisses, elles couvrent mes ailes puissantes et parfaites. Assez fortes pour voler. J'ai toujours peur, mais si je bats des ailes avec assez de vigueur, je parviendrai à dépasser ma terreur pour mettre mon aimée en sécurité. Je serai le hibou, le sauveur. Le héros dont elle a besoin.

* * *

Parker

Dans un souffle d'air chaud, un hibou gigantesque apparaît brusquement là où se tenait Laurie. Il bat des ailes et s'envole. Il plane au-dessus de nous, et son ombre couvre le van lorsqu'il se place entre le soleil et nous. Ses serres plongent, et il s'empare du sapin de Noël accroché au toit.

Allison se penche par la portière pour me faire signe de venir.

— Dépêche-toi !

Encore un battement d'ailes géantes, et le hibou soulèvera le van. J'ouvre la bouche, la referme, et me précipite vers mon siège. Je bondis à bord pile lorsque les roues avant décollent à quelques centimètres du sol.

Fiona est déjà avec Allison, en sécurité à l'arrière, mais Declan se tient à quelques mètres de là, bouche bée face au hibou gigantesque qui bat des ailes et tente de gagner en altitude. Des courants d'air féroces font voler la poussière et les cailloux.

— Declan ! s'écrie Fiona.

Il sort brusquement de sa torpeur. Le van flotte à plus d'un mètre du sol. Declan se rue vers nous, trébuchant sur les cailloux et les broussailles, pour monter avant qu'il ne soit trop tard. Il bondit, et les filles lui tendent les bras pour le hisser à l'intérieur.

C'était moins une. Le hibou soulève le van assez haut pour survoler le plus gros des rochers environnants. Le sol s'éloigne, et nous planons au-dessus de la terre, projetant en contrebas l'ombre déformée du van, du sapin et du hibou gigantesque à la tête toute ronde.

Des coups de feu retentissent, et je me penche instinctivement.

— Ils nous tirent dessus ! s'écrie Allison.

— Bande de salauds, grogne Fiona en saisissant son fusil. Aide-moi à ouvrir cette fenêtre.

Elle baisse laborieusement la vitre, et Fiona vise. *Boum.* Le tir m'assourdit. Une pluie de balles lui répond.

— Je n'arrive pas à les toucher, dit-elle en retombant dans son siège. Ils sont hors de portée.

Allison lui tapote l'épaule.

— Peu importe. Laurie va nous emmener dans un endroit sûr.

Je sors mon GPS et me penche par la fenêtre.

— Va à l'est ! lancé-je au hibou.

Il ne répond pas, mais tourne lentement jusqu'à ce que le soleil se reflète dans mon rétroviseur. Nous continuons de planer en silence. De temps à autre, une plume tombe, blanche et angélique, et tournoie jusqu'au désert en contrebas.

Chapitre Huit

llison

Nous arrivons à Taos avant le coucher du soleil. Il y a des montagnes au loin, mais nous avons traversé des zones tellement désolées que personne n'a dû repérer le hibou géant qui flottait au-dessus des plaines enneigées, un van Volkswagen entre ses serres.

Fiona vérifie notre avancée sur son téléphone. Declan est à l'arrière, à marmonner tout seul tout en buvant dans sa flasque. Voler ne lui réussit pas.

Moi, je pourrais faire ça pendant des heures. Les ailes du hibou bruissent doucement au-dessus de nos têtes. Et le monde est envahi par son odeur de coton sucrée.

C'est fantastique. Dès que Laurie nous posera, je lui dirai ce que je ressens pour lui. J'ai du mal à me livrer aux métamorphes, à part Fiona, mais je prendrai sur moi.

— On approche des coordonnées envoyées par M. F, annonce mon amie. C'est droit devant.

Elle montre un champ du doigt. Je sens les créatures de la terre, de la plus petite des souris jusqu'à l'aigle qui plane dans le ciel.

— Pose-nous maintenant, lance Parker à Laurie.

Quelques minutes plus tard, le van rebondit doucement sur le sol. Fiona s'empresse d'ouvrir sa portière, et je la suis aussitôt. Nous nous ruons jusqu'au hibou qui vient d'atterrir non loin de là. Ses plumes rétrécissent, puis disparaissent, et Laurie reprend forme humaine.

— Oh, dit Fiona en s'arrêtant net.

Je la contourne pour voir devant nous, et j'écarquille les yeux.

Laurie est nu. Grand et très fin, avec des muscles secs qui sculptent son torse et ses membres allongés. Il a les cheveux en bataille, les yeux ronds.

Parker lui tend un chapeau, que Laurie place devant son sexe. Dommage. La vue me plaisait bien.

— Bon sang, Laurie, dit Fiona. C'était génial.

Nous nous pressons tous autour de lui, mais sans le toucher, au cas où sa peau serait toujours sensible après sa transformation d'homme à oiseau et vice-versa.

Je me retrouve devant lui et me mets sur la pointe des pieds pour glisser ses lunettes à verres épais sur son visage.

— Tu as réussi, murmuré-je.

Il me regarde d'un air hébété. Ses cils semblent incroyablement longs. Un morceau de plume est accroché à l'un d'eux.

— Fatigué ? lui demandé-je.

Il dodeline de la tête dans un acquiescement, comme s'il n'arrivait plus à la tenir. Je reste toute proche, et quand il glisse un bras autour de moi, je me détends. Il va bien.

Mon héros. Mon animal est très timide, mais il pointe le bout de son museau pour se délecter de l'odeur duveteuse du hibou de Laurie.

Declan lui jette une couverture, et il se façonne une toge.

— Bon, on est où, au juste ? demande Declan.

— À l'endroit indiqué par M. F, répond Fiona.

— Alors, c'est quoi le cadeau ? demandé-je. Une voiture ? Une montre ? Une statue géante de lui ?

— Ou un gros gode, plaisante Fiona.

Parker et Declan semblent tellement scandalisés que je me mets à glousser.

— Ça plairait à Sélène, dis-je, et mon amie se joint à mon hilarité.

Nous avons les nerfs à vif, après deux jours de course-poursuite, sans parler de notre envolée magique. Et visiblement, nos amis sont trop intimidés par M. F pour s'imaginer ce qu'il fait avec Sélène dans le club BDSM des vampires.

— C'est par là, dis-je quand je me suis reprise.

Nous coupons tous à travers champs. Fiona porte mon sac à dos pour que je puisse soutenir Laurie du mieux possible. Il est trop grand pour que je le porte, mais je laisse son bras autour de mes épaules, et je le guide lorsqu'il trébuche.

Nous traversons plusieurs chemins de terre, mais nous restons autant que possible dans les champs enneigés envahis par la sauge. Cette espèce invasive est visible à des kilomètres, telle une mer argentée. Une forte odeur d'herbe aromatique flotte dans l'air.

Alors que nous nous rapprochons des collines rocheuses, une longue construction basse apparaît, et une odeur différente prend le dessus.

— Qu'est-ce que c'est que cette odeur ? demande Declan en reniflant. Bétail ? Moutons ?

— Cervidés, dis-je. Par ici.

Le soleil est descendu dans le ciel, transformant la porte en tôle du bâtiment en une explosion de lumière dorée. Nous prenons cette direction et traversons une dernière allée de gravier. Quelques bottes de foin sont disposées en cercle.

Declan prend de l'avance pour mener l'enquête, et ce qu'il voit l'arrête net.

— Jésus Marie Joseph !

— Qu'est-ce que c'est ? s'enquiert Parker.

Nous nous précipitons tous pour voir ce qui a pu surprendre Declan à ce point.

Il s'agit d'une crèche avec des statues à taille humaine, et du vrai foin dans la grosse mangeoire en bois.

Declan tend l'index.

— Jésus, Marie, et Joseph.

— Oh, mon Dieu, dit Parker en secouant la tête.

— Exactement.

— On y est presque, annoncé-je en guidant tout le monde en direction d'une barrière peinte en noir.

Parker aide Laurie à l'enjamber, mais une fois de l'autre côté, ce dernier s'effondre, paupières fermées.

Je me penche sur lui et remarque la pâleur de ses joues creuses.

— Il va s'en sortir ?

Declan se penche sur lui et ajuste la couverture autour de lui.

— Ouais, te bile pas pour lui.

— Ça l'a vidé, de se transformer, de voler aussi loin et de reprendre forme humaine, explique Parker. Il va faire un bon petit somme, et il sera comme neuf.

— Il nous a sauvés, dis-je, réticente à l'idée de l'abandonner.

— C'est vrai.

Je vois l'ombre d'un sourire sur les lèvres de Parker.

— Il a fait ça pour toi, me dit Declan.

Je garde mon propre sourire au fond de moi. Sa chaleur

est comme un mini-soleil, qui me réchauffe tout entière. Et c'est tant mieux, car plus le crépuscule approche, et plus il fait froid.

Fiona frissonne et passe les bras autour de sa propre taille.

— Allez, dit-elle. Plus vite on en aura terminé avec ça, plus vite on pourra rentrer à Tucson.

En effet. C'est à moi de jouer.

— Restez là, dis-je.

Je m'éloigne de quelques mètres du groupe en direction de la harde de cervidés. Ils sont plus petits que des cerfs mulets ou que des cerfs de Virginie. Les adultes atteignent seulement une cinquantaine de centimètres au garrot. Quelques-uns d'entre eux tournent la tête, révélant de petits crocs blancs, incongrus sur leurs faces minces.

— C'est quoi ces trucs ? lâche Declan.

Je lève les bras pour appeler les cerfs. Ils trottinent aussitôt joyeusement dans ma direction. Ils restent derrière moi, cependant. Ils sentent l'odeur canine de Declan et Parker. Ils ne s'approchent pas trop de Fiona non plus.

— C'est quoi, ces crocs ? demande-t-elle. C'est des métamorphes ?

— Non. Juste des cerfs vampires. Sélène les trouve adorables.

L'un des cerfs charge ma jambe, et je lui caresse doucement la tête.

— M. F. a trouvé cette harde dans un zoo sur le point de couler. Ils devaient être mis aux enchères ou euthanasiés. Il compte les réhabiliter avant de les relâcher dans la nature.

— Attends que je voie si j'ai bien compris, dit Parker. Le roi des vampires a acheté une meute de cerfs vampires...

— Une harde, corrigé-je. Ou un troupeau.

— Une harde... parce que sa compagne les trouve mignons ?

— Oui.

Parker passe la main dans ses épais cheveux gris et grommelle quelque chose qui ressemble à « tarés de vampires riches comme Crésus. »

— Et maintenant ? demande Fiona.

— Il faut qu'on les fasse monter dans leur remorque et qu'on les conduise à Tucson.

— Je vais nous chercher un véhicule, annonce Declan.

— Je t'accompagne, dit Fiona en posant mon sac à dos à mes pieds.

— On vous attend là. On va surveiller Laurie et... les cerfs, dit Parker en grimaçant.

Je caresse encore quelques cerfs et laisse l'odeur de mon appel se disperser légèrement. Quand le moment sera venu de les faire monter dans la remorque, je m'assurerai qu'ils y aillent de leur plein gré, puis je les endormirai pour le voyage. D'après Fiona, je suis plus efficace que le Xanax.

Parker retourne près de la crèche, où Laurie dort toujours, roulé en boule pour se protéger du vent. Je m'assois à ses côtés et l'emmitoufle dans sa couverture. Il fait froid, désormais. La température a chuté de quelques degrés.

Le crépuscule colore le ciel.

Quelque chose hurle non loin. Un coyote. Les cerfs lèvent la tête et sursautent, avant de décamper à l'autre bout du champ.

— Qu'est-ce que c'est ? demande Parker.

Il regarde d'un air hébété en direction de la grange. Je réalise qu'il s'était endormi. Il a passé la nuit assis dans le canapé avec son chapeau sur les yeux. Je croyais qu'il avait dormi, mais son sommeil n'a pas dû être confortable.

Il y a un léger bruit dans la grange. Sans doute une souris, ou quelque chose comme ça. Mais ensuite, une odeur terreuse nous balaye.

Parker se remet maladroitement debout.

— Qu'est-ce que c'est ? demandé-je à mon tour.

Mes bras se couvrent de chair de poule. Mon animal sait que quelque chose cloche, mais j'ignore de quoi il s'agit.

— Des vampires, dit-il, pile quand deux silhouettes noires quittent les ombres et nous foncent dessus dans un mouvement flou.

Chapitre Neuf

Parker

Ils ont décidé de nous laisser les voir. Ils sont en mesure de bouger assez vite pour devenir invisibles à l'œil nu.

Peu importe. Dès que j'ai réalisé que nous étions pourchassés, la chasse était déjà terminée.

Sales sangsues sadiques. Ils sont comme les chats. Ils aiment jouer avec la nourriture.

Une douleur me fend la tête, et j'ai l'impression que mes fesses sont pleines de bleus. Ils ont dû nous droguer pour nous assommer. Je m'assois et me cogne la tête contre les barreaux d'une cage. Je laisse échapper une plainte. Mon animal est paniqué. Je lève machinalement la main pour saisir un barreau, et le métal me brûle la paume.

— Merde !

— Parker ? dit Allison d'une voix chevrotante.

— Par ici, grogné-je.

— Ça va ?

— Oui ? Si on oublie le fait que j'ai été assommé et que je me réveille dans une cage en argent.

Le choix de ce métal signifie que nos ravisseurs prévoyaient de séquestrer des métamorphes. Je jette un regard dans la pénombre. Des moutons de poussière volent dans l'air, et les lieux sentent le foin. Nous nous trouvons dans la grange. Allison est assise dans une autre cage, et sa jupe ondule lorsqu'elle se tourne vers moi.

— Où est Laurie ? lui demandé-je.

— Il est là. Avec moi.

Elle se penche en arrière, et je vois le corps étendu de mon ami. Il a la tête sur les genoux d'Allison, et ses jambes sont tellement longues qu'elles dépassent de la cage. Heureusement, les barreaux sont assez espacés pour que ses mollets dénudés ne soient pas en contact avec l'argent.

Laurie est toujours inconscient, mais sans doute pas à cause d'une quelconque drogue. Nous faire voler jusqu'ici l'a vidé. Tant mieux. Son hibou paniquerait, dans cette situation.

— Que se passe-t-il ? me demande Allison.

— Les sangsues nous ont chopés.

Je teste un autre barreau et me brûle le bout des doigts.

— Qu'est-ce qu'ils nous veulent ?

— Aucune idée.

Mon animal grimace. Nous sommes de nouveau en cage, brûlés par l'argent. Bientôt, ce sera le labo, avec son odeur chimique qui pique le nez. Puis les lumières vives, les menottes argentées, les scalpels...

Je réalise que mon animal est en train de gémir, et je ferme la bouche.

— Tu crois que Declan et Fiona...

— Chut, dis-je, l'enjoignant à la prudence en lui montrant l'extérieur. Ils pourraient nous écouter.

Les vampires ne savent peut-être pas que Declan et

Fiona sont dans les parages, et je ne veux pas leur révéler leur existence.

La porte de la grange s'ouvre en grinçant, et un vent froid nous balaye. Quelque chose se meut dans la pénombre, et m'adosse au fond de ma cage. Mon cœur se met à tambouriner, et je serre les dents pour ne pas hurler.

Le vampire est un homme mince aux joues creuses d'à peu près ma taille. Il porte un costume marron avec une veste en daim des années 70. Il a même les pattes d'éléphant.

— Ils sont réveillés, dit-il.

La porte de la grange s'ouvre davantage. Un deuxième vampire rejoint le premier. Celui-là porte un peignoir à l'ancienne avec de la dentelle autour du col.

— Parfait, dit-il.

Il se penche pour me dévisager.

— Je savais qu'il vous enverrait. Mon plan marche à merveille.

Un son terrible résonne dans la grange et me hérisse la nuque. Le vampire vient de rire.

— Ça alors, Charles, c'était ton rire diabolique ? demande le vampire qui ressemble à un figurant de *La Fièvre du samedi soir*.

— En effet, répond Charles, le dandy de l'ère victorienne, d'un ton ravi. Ça t'a plu, Jenkins ? Je me suis entraîné.

— Oh, oui. Beaucoup.

J'hallucine.

— Qu'est-ce que vous nous voulez ? demande courageusement Allison.

J'ai envie de lui dire de se taire, mais je n'arrive pas à bouger les mâchoires. Ni aucun de mes muscles.

— On vous traque depuis que vous avez quitté Tucson,

explique Jenkins. Il est temps pour vous de quitter la protection du Roi Louis.

— Le Roi Louis ? répète Allison. M. F., vous voulez dire ? Le Roi Vampire ?

— Oui, sifflent nos deux ravisseurs comme un seul homme.

Allison me jette un regard, et je vois qu'elle se demande ce que les vampires entendent par sa « protection ». Je réussis à débloquer mon cou suffisamment pour secouer violemment la tête.

— Je ne suis pas étonné qu'il vous garde auprès de lui, dit le vampire nommé Jenkins d'un ton songeur. Vu que vous êtes la clé pour causer sa perte.

— Sa perte ? demande Allison. Moi ?

— Pas vous, répond Charles en me montrant du doigt. Lui.

J'essaye de me ratatiner, mais je suis déjà roulé en boule.

— Et le hibou. L'irlandais nous a filé entre les doigts, mais je pense que nous le capturerons bien vite. Et là, nous aurons mis la main sur son équipe de choc.

Son équipe de choc ?

Les vampires pivotent pour me dévisager avec leurs yeux vides et morts, et je réalise que j'ai parlé à voix haute. Mes épaules tentent de se faufiler entre les barreaux, mais il n'y a pas d'issue.

— Oui, dit Jenkins. Son équipe d'experts hautement qualifiés.

Les vampires jubilent, et je suis trop dérouté pour avoir peur.

— Excusez-moi, intervient Allison en agitant la main. J'ai dû mal vous entendre. Vous venez de dire « équipe d'experts hautement qualifiés ? »

Jenkins fronce les sourcils.

— Oui.

— Et vous faisiez référence à... Parker, Declan et Laurie ? Je veux juste vérifier. Sans vouloir te vexer, Parker.

— Je comprends, articulé-je dans sa direction.

— Oui. Vous ne nous leurrez pas. Nous savons que votre incompétence est feinte, dit Charles. C'est un coup de génie, d'ailleurs. Vous agissez en parfaits idiots, mais dès que votre mode assassin sera activé, vous vous transformerez en véritables machines de guerre.

— Le mode assassin, répète Allison, la tête penchée sur le côté.

— Oui. Tout est là.

Charles brandit une liasse de papier, un tas de feuilles blanches large comme mon poignet. Il lâche un autre rire diabolique, encore plus long et résonnant que le premier.

— Je peux lire ? demande Allison.

Les deux vampires se consultent du regard, haussent les épaules, et lui tendent les documents. Sourcils froncés, elle examine la page au sommet de la pile.

Les vampires se figent d'une façon inhabituelle. Je tends l'oreille et entends le vrombissement lointain d'un moteur de voiture.

— Quelqu'un approche. Sans doute l'Irlandais. Jenkins, sois gentil, tu veux ?

— Bien sûr.

Jenkins hoche la tête et disparaît dans un mouvement flou.

— L'heure est proche, annonce Charles. Nous attendons cette occasion depuis des mois, et le moment est enfin arrivé.

— Attendez, lance Allison. Qu'est-ce que vous leur voulez ?

— Ils vont nous aider à tuer Lucius Frangelico.

* * *

Declan

Nous sommes de retour un peu après dix-huit heures, et nous traversons le champ obscur, nos phares bondissant tandis que nous cahotons dans l'herbe.

Grâce à Fiona, j'ai réussi à piquer un bon véhicule en un temps record. Je n'avais jamais vu personne démarrer une camionnette avec les fils aussi vite. Nous avons même noté l'adresse pour pouvoir envoyer de l'argent en dédommagement de notre vol. Moi, je n'ai pas les moyens, mais le Roi Lucius le fera sans problème.

J'ai du mal à réfléchir, avec Fiona dans le siège passager, ses lourdes chaussures noires posées sur le tableau de bord. Une odeur alléchante de cheeseburger et d'onion rings embaume l'habitacle. Et vu que nous n'avons pas eu le temps de nous arrêter pour chercher de quoi dîner, cette odeur est toute à elle.

C'est peut-être elle que je devrais dévorer.

— Declan ? Ça va ?

Je m'essuie la bouche au cas où j'aurais bavé.

— Euh, oui. Pourquoi ?

— Ça fait deux kilomètres que ton animal n'arrête pas de grogner.

— Ah.

Je ne prends pas la peine de m'entretenir avec l'animal en question. Mon lévrier irlandais est en chaleur.

— Ne fais pas attention à lui. C'est ce que je fais toujours.

— Tu ne devrais pas ignorer ton animal, dit-elle avant de humer l'air. C'est une sorte de chien, non ?

— Un lévrier irlandais.

Pour la plupart. Data X s'est évertué à modifier nos animaux.

— Ça ne m'étonne pas, dit-elle en s'enfonçant dans son siège, son fusil serré contre elle. Tu sens divinement bon. Le whisky et le sapin.

Sa confession me donne du courage.

— Je ne sais pas comment tu fais pour sentir le petit-déj anglais. Ça me rend dingue.

Elle ricane.

— Ça doit être à force de faire les poubelles. Mon animal adore ça.

— Et ton animal est... ?

Elle s'assoit bien droite et agite la main pour me faire taire.

— Chut. Qu'est-ce que c'est que ça ?

J'examine le paysage, mais je ne vois rien. À notre gauche se trouve la grange en métal, et à notre droite, la harde de cerfs vampires au fond du champ clôturé.

— Quoi ? Qu'est-ce que tu vois ?

Derrière nous, un coyote hurle. Puis un autre, et encore un autre. Mes bras se couvrent de chair de poule.

— Quelque chose cloche, murmure Fiona. Tu sens cette odeur ?

J'ouvre ma vitre et passe la tête dans l'air nocturne.

— Non...

Fiona ouvre sa portière.

— Attends là.

— Attends, Fiona, non...

Mais elle est déjà partie. Je gare le véhicule et coupe le moteur. J'ouvre ma portière et m'apprête à bondir dehors lorsque ça me frappe : une odeur humide, comme un mélange de moisissure dans une canalisation et de moutons de poussière.

Puis une ombre floue me fonce dessus et m'arrache à l'habitacle.

Chapitre Dix

*D*eclan

Je reprends connaissance entouré d'une vive odeur métallique. Ma tête me lance, et mon lévrier est dans tous ses états.

Je m'assois, et le monde tangue dangereusement. Je tente de m'accrocher à quelque chose, mais le métal qui m'entoure me brûle.

— Attention. C'est de l'argent, me lance Allison.

Elle est prisonnière d'une cage à quelques mètres de moi avec Laurie. Une pile de feuilles blanches se trouve sur ses genoux, et elle semble être en train de les lire.

Parker se trouve dans une autre cage, les genoux pliés, la tête dans les mains.

— Qu'est-ce qui se passe ? demandé-je.

Parker relève la tête.

— Des vampires. Apparemment, ils nous traquent depuis Tucson. C'est eux qui ont dû envoyer les mecs dans les SUV.

— Pourquoi ?

— Ils croient... Ils nous prennent pour des sortes de guerriers métamorphes surentraînés.

— Hein ?

— Tout est là, dit Allison. Des instructions sur la façon « d'activer » des ordres implantés sous hypnose.

Elle brandit sa liasse de documents, lorsqu'un souffle sombre pénètre dans la grange, laissant place à deux vampires. L'un d'entre eux lui arrache les feuilles des mains.

Au-dessus de nos têtes, une ampoule s'allume en grésillant, nous baignant d'une lumière sinistre. Au moins, ce ne sont pas les néons de Data X. Mais se retrouver de nouveau en cage est difficile.

Allison se tourne vers moi de manière à cacher ses lèvres.

— Fiona ? articule-t-elle.

Je hausse les épaules. J'espère qu'elle a réussi à s'enfuir.

Cours vite et loin, ma belle. Sauve ta peau. Je pourrais gémir comme mon lévrier à l'idée de perdre Fiona, mais il vaut mieux qu'elle m'abandonne. Pour de nombreuses raisons.

— Très bien, dit l'un des vampires avec sa voix flippante de mort-vivant. Maintenant que vous êtes tous là, commençons.

Je m'efforce d'examiner nos ravisseurs, bien que je n'en aie aucune envie.

Ces vampires sont très étranges. Les membres de leur espèce ont toujours du mal avec la mode, souvent coincés dans le siècle où ils ont été transformés. L'un porte une sorte de peignoir comme Hugh Hefner, et l'autre ressemble au père dans *That '70s Show*.

— L'heure est venue, Jenkins. Il faut faire ça bien.

— Tu as raison, Charles. Commence ici, je pense.

Ils se placent dans une zone dégagée au centre de la grange poussiéreuse et se tiennent au garde à vous.

— Jambe gauche, lance Charles. Gauche, et encore gauche.

Ils sautillent à l'unisson sous les instructions de Charles, comme les passionnés de danse en ligne les plus bizarres du monde. J'aurais bien envie de rire, mais la scène est terrifiante.

Ils terminent leur chorégraphie, puis nous observent.

— C'était quoi ce truc ? demandé-je discrètement à Allison et Parker.

— Ça ne fonctionne pas, dit Jenkins.

— Évidemment que ça fonctionne pas, rétorqué-je. C'était marrant, votre spectacle, mais j'ai aucune idée de ce que vous fabriquez.

— Nous activons votre mode assassin. Regardez, là, dit Charles en me montrant une feuille. À gauche, quatre fois...

— Ce ne sont pas des instructions pour activer un mode assassin, mais les pas du Cuban Shuffle.

— N'importe quoi, siffle Charles avant de se tourner vers son complice avec colère. Tu as dû te tromper.

— Pas du tout, proteste Jenkins. Tu étais trop raide. Tout est dans le bassin.

Il reproduit le mouvement, et je frémis. Être kidnappé par des vampires, c'est une chose, mais quand ils s'obstinent à rejouer le *Rocky Horror Picture Show* en costumes hideux, ça devient carrément l'enfer.

— Arrête de faire ça, gronde Charles.

— Alors donne-moi le manuel.

Jenkins lui arrache la liasse des mains.

— Espèce de rustre ! Lance Charles en sortant un mouchoir en dentelle de sa poche pour gifler Jenkins avec. Nous n'en avons pas besoin, je le connais déjà par cœur !

Ils se disputent et argumentent, puis répètent les pas du « déclencheur » encore et encore jusqu'à ce que Charles jette le « manuel » par terre.

— Ça ne sert à rien.

— Je vous avais prévenus, dis-je. On n'est pas ce que vous croyez.

Jenkins siffle, et mon lévrier se pisse pratiquement dessus. Mais je n'ai rien à perdre. Je revis déjà mon pire cauchemar, et vu l'odeur aigre de Parker, c'est aussi son cas.

J'agite la main dans ma direction.

— Non mais franchement, vous nous avez bien regardés ? Vous croyez que parmi tous les métamorphes du monde, c'est nous qu'ils auraient choisi de transformer en tueurs ? On est à peine capables de se nourrir correctement. Et encore, ça, c'est les bons jours. Pas vrai, Parker ?

Un gémissement pitoyable provient de la cage de mon ami. Ça m'embête de le mêler à ça, mais il faut que je convainque ces vampires. Et le pauvre Laurie est toujours inconscient.

Tu parles d'une équipe de choc. C'est avec conviction que j'arrive à dire :

— Réfléchissez-y. Personne jetterait son dévolu sur des métamorphes pareils.

— Raison de plus pour vous choisir, rétorque Charles avec un accent anglais pompeux qui me donne envie de lui filer une bonne raclée. Personne ne vous soupçonnerait.

Je lâche un rire sans humour.

— Si vous croyez une chose pareille, vous êtes les vampires les plus débiles que j'aie jamais rencontrés.

Le visage de Charles se transforme en masque monstrueux.

— Vous avez intérêt à nous donner ce que nous voulons, sinon...

Un flash lumineux apparaît derrière les portes, suivi d'une explosion sourde qui secoue la grange.

Jenkins se précipite vers le seuil.

— Charles, le corbillard ! Il a pris feu !

— Saperlipopette, je venais de poser de nouvelles jantes.

Les vampires disparaissent.

— Fiona, dit Allison en se redressant.

— Elle est là ? Elle est revenue ? demandé-je d'une voix rauque.

Allison me dévisage comme si j'étais idiot.

— Évidemment. Elle ne nous aurait jamais abandonnés.

L'animal de Parker pousse une plainte. Il craque.

Je m'approche de mes barreaux en regrettant de ne pas pouvoir le toucher.

— Parker, regarde-moi. On va s'en sortir. On a survécu une fois, et on recommencera.

Je me lève et soutiens son regard.

— Tu fais partie de ma meute. De ma famille. Et je te défendrai jusqu'à la mort.

Il y a un silence, puis il hoche la tête.

— Eh ouais. On va pas crever dans ce trou comme des rats, ajouté-je.

— Non, c'est sûr, renchérit Allison en déplaçant doucement Laurie pour pouvoir se lever. Je vais appeler à l'aide.

Elle lève les mains à travers les barreaux, et quelques secondes plus tard, un coyote hurle.

— Sans vouloir te vexer, dis-je, à quoi ça pourra bien servir ?

— Les vampires avaient raison sur une chose. Quand on est petit et frêle, personne ne se doute qu'on est capable de les faire saigner.

La force tranquille du pouvoir alpha dans ses yeux me

fait dresser les cheveux sur la nuque. Une odeur d'herbes se met à émaner d'elle et emplit la pièce. Comme une bonne gorgée de brandy, elle me requinque.

— La vache, Allison, t'es impressionnante, murmure une voix familière au-dessus de nos têtes.

Des yeux rouge vif luisent à la fenêtre de la grange. Fiona se laisse tomber sur le sol et se dirige vers nous à grands pas, les mains enveloppées dans des bandes blanches.

— Vite, insiste-t-elle.

Je bondis sur mes pieds.

— T'as les clés ?

Elle s'esclaffe et brandit une longue tige de métal.

— Aucune serrure ne me résiste.

Et effectivement, elle crochète chaque serrure, les mains protégées de l'argent par ses bandages.

— Venez. On s'en va.

— Et les vampires ? dis-je.

— Ils essayent d'éteindre les incendies que j'ai provoqués. Mais cette diversion ne durera pas longtemps, alors dépêchons-nous.

La porte de la cage de Parker s'ouvre en grand, mais il reste prostré à l'intérieur.

— Viens, lui lancé-je.

Il secoue la tête.

— Je ne peux pas. Allez-y, vous.

— On part pas sans toi.

Je me penche et le prends par les épaules pour le faire sortir de force. Une fois qu'il a quitté sa position fœtale, une lueur réapparaît dans ses yeux.

— On est indemnes. On est libres, dis-je.

— On n'est pas encore sortis de l'auberge. Les vampires...

— On trouvera une solution.

— Laquelle ?

— On va faire ce qu'on fait de mieux : causer un chaos total, avec quelques explosions pour faire joli.

Fiona glousse.

— Cette idée me plaît bien.

— Laurie, chuchote Allison, accroupie dans leur cage pour le secouer. Laurie ?

Il s'assoit, manquant tout juste de se cogner la tête dans les barreaux. Il est réveillé, mais toujours dans les vapes, hébété.

Allison se tourne vers nous d'un air désespéré.

— Je n'arrive pas à le faire bouger.

Nos chances de fuites se réduisent comme peau de chagrin. Hors de question d'abandonner Laurie.

— Allison, tu peux te transformer ? Lui demande Fiona. T'envoler avec lui ? On peut créer une diversion le temps que vous vous enfuyiez.

Elle me jette un regard, et je hoche la tête. Je suis prêt à tout pour Laurie.

— Non, dit Allison en se levant, le dos bien droit. Vous savez quoi ? On les emmerde, ces types.

Fiona pousse une exclamation, puis éclate de rire.

— Bon sang. C'est la première fois que je t'entends dire un gros mot.

— Je pense qu'on devrait se battre, poursuit Allison, sa voix douce et mélodieuse soudain ferme et implacable. Ensemble, on est capables de les vaincre.

Je grimace.

— Tu crois ?

Allison se penche et baisse sa jupe ample.

— Oui, si on se serre les coudes. J'en ai marre d'être une proie.

— Tu vas où ? lui demande Fiona d'un ton alarmé.

Allison ôte son tee-shirt et se débarrasse de ses chaussures.

— J'ai appelé les coyotes. Ils urinent partout pour masquer notre odeur.

Elle lève les bras, et le hurlement étrange retentit au loin. J'en ai des frissons, je dois bien l'admettre, mais les coyotes ne font pas le poids face à des vampires.

— Les renforts sont en route pour vaincre les vampires, ajoute Allison. Il nous suffit de gagner du temps.

Elle se précipite hors de la grange en semant des plumes blanches.

— Gagner du temps ? répété-je. Jusqu'à quand, l'aube ? On y arrivera jamais. Elle est bête ou quoi ? Qu'est-ce qu'elle raconte ?

Fiona hausse les épaules.

— Aucune idée. Tu veux l'aider ?

— Comment ? intervient Parker d'une voix éraillée.

Il a toujours le teint pâle, mais au moins, il est debout.

— En faisant ce qu'on fait de mieux. En mettant le bazar.

Je braque les yeux sur les portes de la grange. Au-delà se trouvent deux des créatures les plus dangereuses de la planète. Des vampires. Mais derrière moi se trouvent des cages d'argent, alors qu'est-ce que j'ai à perdre ?

— Pourquoi pas ? Autant se battre jusqu'au bout.

Fiona se contente de sourire.

— Tu voulais savoir quel est mon animal ?

Elle hausse les sourcils et enlève sa veste, puis son mini-haut. Ses cicatrices semblent argentées au clair de lune.

Je déglutis, figé sur place pour une raison bien plus sympathique, cette fois.

— Ouais, dis-je.

— Tu vas voir.

Elle m'adresse un clin d'œil et déboutonne son jean, avant de se débarrasser de ses bottes et de disparaître dans le noir, nue comme un ver.

Je lui cours après, mais une fois dehors, elle est introuvable.

Je suffoque à cause de l'odeur de pneu brûlé de l'urine de coyote. À ma gauche, le corbillard est en feu. Les vampires s'agitent autour, complètement flous, tandis qu'ils tentent de l'arroser avec un tuyau qu'ils ont dû trouver sur les lieux. Je recule aussitôt et trébuche sur quelque chose dans le noir. Lorsque je le ramasse, je réalise qu'il ne s'agit pas d'un bâton. C'est le fusil de Fiona.

Je me retourne et le colle au torse de Parker jusqu'à ce qu'il sorte de sa transe et le saisisse.

— Qu'est-ce que tu veux que je fasse avec ? me lance-t-il.

— Tire sur quelque chose ! Sur l'ennemi, tant qu'à faire.

Je tourne les talons et m'éloigne en trottinant tout en essayant de mettre un plan au point.

— Vu la chance que j'ai, mon pote va me tirer dans le dos... marmonné-je.

— Je t'ai entendu ! proteste Parker.

Je souris tout seul. J'espérais réussir à le faire revenir à la réalité.

— C'est parti, dis-je.

Je me dirige vers la carcasse en feu du corbillard. J'espère que quelqu'un a un plan, parce que moi, j'improvise.

Des yeux rouges luisent derrière les vampires. Fiona. Je plisse les yeux, mais elle est cachée dans l'ombre. Je ne sais pas ce qu'elle mijote, mais quand l'eau du tuyau est coupée et que les vampires se mettent à l'examiner, je commence à avoir ma petite idée.

Jenkins lève les yeux et se tourne dans la direction de Fiona, mais quelqu'un crie :

— Hé !

Les vampires pivotent vers moi, et c'est là que je réalise que c'est moi qui ai parlé.

— Hé, répété-je.

Ma voix ressemble plutôt à un couinement, cette fois. Mais il faut que je fasse diversion.

— J'crois que vous êtes les vampires les plus idiots que j'aie jamais vus.

Foutu pour foutu...

Le sifflement des vampires me fait froid dans le dos.

Je prends une inspiration.

— Il est temps de vous donner une bonne leçon.

— Quelle leçon ? demande Charles.

Derrière sa tête, les yeux rouges cillent une fois.

— Personne touche à ma famille.

Derrière moi, Parker charge le fusil.

Jenkins et Charles éclatent d'un rire diabolique.

— Et qu'est-ce que vous comptez faire ? Vous marchez à peine droit. Rendez-vous maintenant, et nous nous contenterons de vous remettre en cage.

— Jamais, grondé-je.

— Dans ce cas, vous allez tous mourir ici, dit Charles. Seuls. Sans que qui que ce soit le sache ou s'en soucie. Vous ne manquerez à personne. Vous ne comptez pas. Vous n'avez pas de meute.

— Vous vous trompez. On forme une meute. Une meute de marginaux, ça reste une meute. On est ensemble.

— Et vous mourrez ensemble.

J'ai envie de faire un pas en arrière, mais Parker se trouve dans mon dos. Son odeur familière, bien qu'effrayée, me donne de la force.

— Peut-être bien, dis-je. Mais ce qui compte, c'est qu'on se serre les coudes.

— Tue-les, ordonne Charles à Jenkins.

J'ignore ce que Fiona avait fait au tuyau, mais soudain, l'eau jaillit et arrose les vampires.

— Mon peignoir ! s'écrit Charles.

— C'est du pur daim ! s'exclame Jenkins.

Il tente désespérément d'essuyer sa veste, et lorsqu'il échoue, il me montre ses canines.

— Tu vas le payer cher.

Je suis condamné, de toute façon. Autant mourir en beauté.

— Yaaaahhh !!! m'exclamé-je en m'élançant vers eux.

* * *

Parker

Charles se rue sur nous dans un mouvement flou, quand une forme blanche descend du ciel en piqué. Une colombe gigantesque fond sur le vampire et lui donne un coup de serres, avant de s'éloigner aussi vite qu'elle est apparue. Charles hurle, la tête dans les mains :

— Mon œil !

— La classe ! lance Declan. Bravo, Allison !

Il s'élance dans la nuit. Je le couvre avec des tirs de fusil.

Jenkins me grogne dessus et se rue sur moi. Je vois ses canines de très près avant que des serres se referment sur ma veste et m'emportent au loin. La surprise me fait presque lâcher le fusil.

— Merci de m'avoir sauvé ! lancé-je à Allison, qui roucoule. Tu peux me poser sur le toit de la grange ?

Elle roucoule à nouveau et prend de l'altitude pour me lâcher à l'endroit voulu. Mes chaussures glissent sur le métal, mais mes réflexes de métamorphe prennent le dessus, et je parviens à garder l'équilibre. Je brandis le fusil. Les vampires ne sont que des formes floues qui courent dans tous les sens, à la recherche de mes amis. Je tire dans un rythme effréné, l'épaule blessée par le recul, pour essayer de les distraire.

Un doux chant est mon seul avertissement avant qu'Allison revienne pour me soulever du toit. Ses serres sont assez acérées pour transpercer ma veste, mais elle me tient avec précaution. Sous mes pieds, Jenkins grogne dans ma direction, ses cheveux mouillés volant au vent.

Il a failli m'avoir, et quand un vampire vous tient, vous êtes fichu. Ceux-là ont beau être incompétents, ils restent des vampires.

— Je ne pense pas qu'on arrivera à tenir jusqu'à l'aube, lancé-je à Allison la colombe.

Nous nous battons, mais nous ne gagnons pas. Et je doute que toutes les chances soient de notre côté.

Allison roucoule à nouveau. J'ignore ce qu'elle cherche à me dire, mais c'est un son très réconfortant.

Plus bas, Charles affronte quelque chose dans l'ombre. Quelque chose qui siffle et qui crache. Charles tente de l'attraper et pousse un glapissement, la main collée à son torse.

— Créature démoniaque !

Il recule, et Declan l'asperge avec le tuyau.

En un instant, le vampire le soulève par la gorge. Declan agite les jambes tandis que la main se resserre sur son cou.

— Non ! m'écrié-je. Lâchez-le !

Je me débats pour tenter de me libérer des serres d'Allison.

— Pose-moi, il faut que j'aille le sauver !

Je ne sais pas comment m'y prendre, cependant. Même si la colombe me pose tout près et que je cours vite, je n'arriverai pas à temps. Et comment vainc-t-on un vampire ?

Autour de nous, les coyotes hurlent. Puis un hululement me transperce. Plus fort que le cri des coyotes, que le chant de la colombe, ce son me donne la chair de poule.

De ma gorge s'échappe le ricanement sonore d'une hyène. Un rire que je n'avais pas entendu depuis très longtemps.

Mon animal sait ce qui se passe. Il est content et soulagé.

— Tout va bien, Parker, me lance une voix familière. Je m'en occupe.

Une silhouette élancée sort de l'ombre. Le clair de lune fait miroiter les reflets d'argent de ses cheveux blonds.

C'est Sélène, compagne, guerrière, bras droit et reine du Roi Vampire. Elle rejette sa queue de cheval en arrière et soulève une arbalète noire et racée, qu'elle tourne vers Jenkins.

— Lâchez l'Irlandais et rangez vos canines, lui ordonne-t-elle.

Chapitre Onze

Parker

Jenkins libère aussitôt Declan et s'éloigne dans un mouvement flou. Declan vacille, et Sélène se rue sur lui pour le rattraper.

— Tout va bien ?

Il s'éclaircit la gorge et lève les pouces.

Je ne remarque même pas qu'Allison me pose sur le sol. Une odeur terrifiante, légèrement masquée par les notes puissantes d'un parfum à l'ambre gris, me met la puce à l'oreille. Je sursaute et lève les yeux pour me retrouver face à l'expression glaciale de Lucius, le Roi Vampire.

— Belle nuit pour une bataille, dit-il avec un accent aristocratique.

Mon animal se ratatine.

— Inutile d'avoir peur, dit Lucius avec un sourire qui dévoile ses crocs d'une façon qu'il juge sans doute rassurante. Vous êtes dans le camp des vainqueurs.

Allison sort de l'ombre, de nouveau sous forme humaine, le souffle court. Elle est nue, et j'ôte ma veste pour la lui donner.

— Merci, me dit-elle en se couvrant. Tout va bien ?

— C'est eux que tu attendais ? lui demandé-je avant de regarder Sélène et Lucius avec effarement.

— Oui. Je ne l'avais pas mentionné ?

— Tu nous as dit de gagner du temps. Tu n'as pas précisé pourquoi.

— J'ai appelé à l'aide, dit simplement Allison.

Declan nous rejoint en boitillant.

— J'croyais que c'était les coyotes que t'appelais. Pas...

Il se tourne vers Lucius, les yeux révulsés.

— Pas le roi des vampires, conclut-il à voix basse.

— Bien sûr que j'ai appelé M. F. C'est le mieux placé pour s'occuper de ces idiots de vampires, non ?

Declan et moi échangeons un long regard. Allison a appelé le Roi Vampire. Et il est venu.

Avec des renforts, en plus.

— Seigneur, murmure Lucius.

Declan et moi sursautons, mais ce n'est pas à nous qu'il parle. Il regarde Sélène courir après Charles et Jenkins, son beau visage plein de détermination.

— Elle est incroyable, dit-il.

— D'où tient-elle cette arbalète ? demande Allison.

À l'autre bout du champ, Sélène l'entend et se tourne vers elle en tapotant son arme.

— C'est un cadeau d'anniversaire de la part de Lucius. Les carreaux sont réutilisables, lance-t-elle en levant le pouce.

Je déglutis.

— On ne devrait pas aller l'aider ?

Le roi des vampires hausse un sourcil.

— Et lui gâcher le plaisir ?

Sa voix est grave et monocorde. Comme de la soie mouillée sur de l'ardoise. Il semble légèrement amusé, et c'est peut-être le cas. Je n'ose pas étudier son expression de trop près.

Charles fait le tour du corbillard en courant. Sélène semble à peine bouger. Elle se volatilise et réapparaît devant lui, en appui sur une hanche, un sourire en coin au visage, le prenant par surprise encore et encore.

Jenkins fuit dans l'autre sens, en direction du véhicule que Declan a dû se procurer avant d'être enlevé par les vampires.

— Il va s'échapper, dit Declan.

— Attends, tu vas voir, répond Allison.

Jenkins se jette dans l'habitacle et ferme la portière. Je l'entends chercher les clés sur le contact. Il se penche pour essayer de démarrer avec les fils, et derrière lui, des yeux rouges cillent.

Un instant plus tard, le véhicule se met à tanguer. Quelqu'un crie.

— J'peux pas voir ça, dit Declan en enfouissant le visage dans mon épaule.

— Moi, je ne peux pas regarder ailleurs, grommelé-je en lui donnant des tapes dans le dos.

Quel genre de monstre aux yeux rouges est capable de faire hurler un vampire comme ça ?

La raclée prend fin lorsque le pare-brise explose. Jenkins atterrit par terre, couvert de morceaux de verre et d'entailles. Une créature minuscule quitte le véhicule à sa suite. Elle reste perchée sur le capot en pépiant et en agitant ses petits poings. Avec sa fourrure grise, sa queue rayée et son masque noir autour des yeux, ça ne peut qu'être...

— Un raton laveur ? demande Declan. C'est ça, l'animal de Fiona ?

— Elle préfère le nom de « bandit masqué », dit Allison.

— Elle est minuscule.

Son animal n'est pas beaucoup plus gros qu'un raton laveur normal.

— C'est pratique pour surprendre l'ennemi. Mais ne la sous-estimez pas.

— Oh, ça risque pas, répond Declan, qui semble complètement sous le charme.

Plusieurs sons fendent l'air, et nous nous retournons. Sélène a mis son arbalète à contribution, et trois carreaux retiennent Charles au mur de la grange par le peignoir. La reine pose son arme et sort un pied de sa botte.

En la voyant approcher, Charles rejette la tête en arrière.

— Qu'est-ce que ça signifie ? lance-t-il à Lucius. J'exige que vous rappeliez votre chien et que vous me libériez.

— Il ne vous aidera pas, lui dit Sélène.

Elle se rapproche avec son pieu, et Charles se débat, paniqué.

— Vous n'avez aucun droit de faire ça. Pourquoi m'agressez-vous ?

— Je vous condamne officiellement pour l'enlèvement de métamorphes innocents, des agents du roi, et pour le sabotage de leur mission. Oh, et pour complot en vue de commettre un coup d'État.

— Quoi ? m'exclamé-je.

— Oh, oui, murmure Lucius d'un ton plein d'ennui. Le but, c'est toujours de me tuer.

— Vous n'avez pas de preuves, bredouille Charles.

Sélène agite la main dans notre direction.

— Nous avons la parole de ces métamorphes.

— Des métamorphes... raille Charles.

— ... que je considère comme des amis proches, conclut Sélène.

Declan et moi nous regardons d'un air hébété. *Des amis*

proches ? Elle parle peut-être seulement d'Allison et de Fiona.

— Résumons un peu. Vous avez engagé des hommes pour traquer et capturer ces métamorphes. Quand ce plan a échoué, vous avez tenté de le faire vous-même.

— Pas facile de trouver des domestiques fiables, au XXIe siècle, dit Charles avec un rictus.

— Vous avez enlevé nos amis et les avez mis en cage. Puis vous avez tenté de les convaincre de tuer Lucius. Mais laissez-moi deviner.

Elle sort une feuille de papier de sa poche.

— Les instructions pour activer le mode assassin n'ont pas fonctionné.

— Eh ouais, dit Fiona. Échec et mat, bande de cons.

Elle nous rejoint d'un pas tranquille sous forme humaine, vêtue de son jean, de ses bottes et de son mini-haut, tout en enfilant sa veste.

— Hein ? Qu'est-ce qui se passe ? demandé-je. Je ne comprends pas.

— Lucius et moi savions qu'un coup d'État se préparait, dit Sélène. Nous voulions le neutraliser dans l'œuf, mais il fallait d'abord que les vampires passent à l'acte. Alors nous avons fait courir le bruit qu'il existait des métamorphes entraînés, assez rapides et redoutables pour vaincre Lucius.

Elle agite sa feuille de papier.

— Et voilà le code censé les hypnotiser.

— Le code, dit Allison, c'est le Cuban Shuffle ?

— Ah, c'est pour ça qu'ils n'arrêtaient pas de danser, dis-je en me frottant la tête.

— Oui, répond Sélène en riant. Nous pensions qu'ils déduiraient que j'étais la métamorphe en question, et que je pourrais les détruire quand ils m'attaqueraient. Nous n'imaginions pas que les choses tourneraient aussi mal.

— Je vous avais bien dit que ça pouvait pas être nous, lance Declan à Charles.

Le vampire semble trop en colère pour parler.

— C'est... de l'incitation au crime ! bredouille-t-il.

— Tous les coups sont permis, dans les guerres vampiriques, réplique Sélène.

Elle lui tapote la joue avec force, presque comme si elle le giflait. Puis elle plonge le pieu dans sa poitrine.

Un cri terrifié retentit près du véhicule. Jenkins a réussi à se mettre debout. Il tente de s'enfuir à l'autre bout du champ, mais Sélène apparaît devant la clôture pour l'attendre. J'entends un bruit mouillé de ventouse, et il s'écroule. Sélène donne un coup de botte dans le pieu pour l'enfoncer profondément.

Lucius soupire comme s'il regardait un adorable chiot.

— C'est fait, lune de mon cœur ?

Sélène se redresse et s'époussette les mains.

— C'est fait.

Elle disparaît et réapparaît devant Lucius en lui souriant.

Les portes de la grange s'ouvrent en grinçant. Laurie sort, maintenant sa couverture d'une main et se frottant les yeux de l'autre.

— Q-q-qu'est-ce qui se p-p-passe ?

Il laisse retomber sa main et voit les vampires et leurs pieux, Sélène et Lucius, ainsi qu'Allison, enveloppée dans ma veste. Il prend un air surpris et sursaute tellement fort qu'une pluie de plumes tombe derrière sa tête.

— T'inquiète, Laurie, dit Fiona en levant les pouces. On a gagné.

* * *

Laurie

Ma tête me lance et mon cœur bat la chamade à cause de l'odeur des vampires, mais vu la scène, la bataille est finie. Allison quitte le groupe pour se placer à côté de moi, et son odeur sucrée me fait du bien.

Sélène s'éloigne et revient avec un paquet plein de couvertures. Le tissu est assez fin pour ne former qu'un petit tas, mais une fois dépliée, chaque couverture est assez grande pour couvrir notre nudité. Elles sont douces et chaudes, en plus.

— Comment vous avez fait pour arriver si vite ? demande Fiona.

— Allison m'a envoyé un texto hier soir, explique Sélène.

Elle déplie une autre couverture pour Fiona, et lorsque cette dernière la refuse, elle la tend plutôt à Declan.

— Je voulais venir tout de suite, mais Lucius s'est dit que les ours n'aimeraient pas beaucoup que l'on se pointe chez eux comme ça.

Parker éclate de rire, et je sais à quoi il pense. Une fois, il m'a expliqué que sous le règne de Lucius et Sélène, les métamorphes et les vampires ont établi une paix fragile. Chacun reste dans son coin ; sinon, la guerre qui suivrait causerait de lourdes pertes dans les deux camps.

— Du coup, on a pris l'avion et on a attendu dans notre palace préféré à Taos. Lucius ne voulait pas que je voie mon cadeau de Saturnales avant la fête, mais le solstice est presque arrivé, alors...

Elle hausse les épaules et se tourne vers Lucius.

— C'est mon cadeau ? demande-t-elle en montrant la harde de cerfs vampires, un sourire ravi sur son visage pâle.

Lucius chasse les cheveux qui couvrent sa nuque pour y déposer un baiser.

— Oui, ma reine.

— Ils sont trop mignons !

— C'est vrai, hein ? renchérit Allison.

Elles se mettent à parler de la harde et du projet de réhabilitation de Lucius.

Fiona se frictionne les bras comme si elle avait froid, et lorsque Declan place la couverture autour de ses épaules, elle le laisse faire.

Parker vient me voir.

— Ça va, le roi des airs ?

Je hoche la tête.

— Je n'arrive toujours pas à croire qu'ils aient fait tout ce chemin pour nous aider, dit-il à voix basse, bien qu'aucun chuchotis ne soit assez bas pour échapper aux êtres paranormaux.

— Bien sûr qu'on est venus vous aider, intervient Sélène. Pourquoi ça t'étonne ?

— Euh...

Parker et moi nous regardons d'un air paniqué. J'aimerais pouvoir me cacher sous ma couverture.

Fiona répond à notre place, avec sa franchise habituelle :

— Euh, parce que t'es avec le roi des vampires, carrément, alors qu'eux... c'est eux.

— Ah, d'accord.

Sélène reste songeuse, puis hoche la tête comme si elle avait pris une décision.

— Ça sort un peu de nulle part, ajoute-t-elle, mais je vous considère comme meute.

— Quoi ? s'exclament Parker et Declan, les yeux écarquillés.

Moi aussi, j'ouvre de grands yeux, mais je n'ose pas piper mot. Mon hibou reste parfaitement immobile, comme s'il espérait que Sélène ne le remarque pas.

Elle hausse les épaules.

— Ben oui... Après ce qui est arrivé à mon ancienne meute, j'étais seule. Je ne trouve pas vraiment ma place avec les autres métamorphes, vous savez ? Surtout maintenant que je suis avec Lucius. Et il est tout pour moi, mais parfois, ça fait du bien de savoir qu'une meute de métamorphes me soutient.

— Ils t'ont soutenue ? lui demande Allison.

— Oh, oui. Depuis le jour de notre rencontre. Ils sont géniaux.

— Ooooh, dit Fiona. Câlin collectif ?

Elle a articulé ces derniers mots à notre intention en cachant son visage à Sélène. Declan et moi secouons vigoureusement la tête. Parker nous imite, tout en mimant une gorge tranchée.

— Bon, tant pis, dit Fiona en haussant les épaules. Soyons tous bénis.

Chapitre Douze

Fiona

Un crissement de freins me réveille. Hébétée, je lève la tête et réalise que la surface chaude sous ma tête est l'épaule de Declan. Merde, est-ce que je lui ai bavé dessus ? Je tapote sa veste à la recherche de salive, et mon geste le réveille à son tour.

— Hein... ? dit-il en levant la tête.

— On est arrivés, annonce Parker.

Il semble épuisé, mais il a insisté pour conduire toute la nuit jusqu'à Tucson. Après le départ de Lucius et Sélène, Declan et moi avons fixé la remorque au pick-up. Allison a incité les cerfs à monter à son bord avant de les envoûter pour qu'ils restent calmes et ensommeillés.

La première chose que je fais, c'est tourner la tête pour voir la remorque, mais elle a disparu.

— Où sont les cerfs ?

— On les a déposés il y a une heure, répond Parker. Sélène avait demandé à des gens de les réceptionner, alors tout s'est passé sans encombre.

— La vache. J'ai dormi tout ce temps ?

Declan chasse les cheveux qui me tombent sur les yeux.

— Tu d'vais être crevée, après la bataille.

Il pose la main sur ma nuque. Je n'avais encore jamais laissé personne me toucher à cet endroit, et c'est très agréable.

— Oui, sans doute, dis-je.

J'étire les bras devant moi. Je n'ai pas beaucoup de place, serrée contre Declan. Sur le siège avant, Allison est blottie contre Laurie, profondément endormie. Il ouvre précautionneusement la portière passager et se glisse dehors, avant de se retourner pour la porter dans ses bras. Elle ne bronche pas.

Sa transformation en colombe a dû l'épuiser, elle aussi. Ce n'est pas tous les jours qu'on se métamorphose pour combattre des vampires.

Laurie porte Allison jusqu'au seuil d'une maison de plain-pied en stuc. C'est plus joli que ce à quoi je m'attendais, au milieu des pierres et des cactus.

— C'est ici que vous vivez ? demandé-je.

— Oui, répond lentement Parker. Sauf que...

Declan se glisse hors du pick-up et pose les mains sur ses hanches.

— Qui a tout décoré ?

Des lumières clignotent le long du toit et de la porte. Aux premières lueurs de l'aube, la maisonnette semble toute pimpante.

— Les g-g-gars ? lance Laurie.

Il se tient devant la porte, Allison toujours dans les bras. Nous nous dépêchons de remonter l'allée pour l'aider. Declan lui ouvre la porte.

— Vous avez du courrier, dis-je en montrant l'enveloppe rouge scotchée au-dessus de la sonnette.

Parker l'ouvre à la hâte.

— À Allison, Declan, Fiona, Laurie et Parker : un joyeux et lumineux solstice à vous. Amitiés, Sélène et Lucius.

— Oooh, ils nous ont écrit une carte de vœux, dis-je en reniflant le papier.

Il porte l'odeur de Sélène.

Declan pénètre dans la maison et pousse une exclamation surprise.

— Qu'est-ce qui se passe ? s'enquiert Parker.

— Hein ?

La maison est lumineuse, bien aérée, avec une odeur de peinture fraîche. Il y a un canapé en cuir couleur café et deux fauteuils relax assortis. Quelqu'un a installé une étagère au-dessus de la cheminée et y a accroché cinq chaussettes. Une pour chacun de nous, avec nos noms dessus.

— C'est sympa, ici, commenté-je.

— Précisément, répond Parker en pivotant lentement sur lui-même. Quand on est partis, c'était un vrai taudis.

— Eh ben, quelqu'un est passé faire le ménage.

Ça sent le produit ménager au citron ainsi que les biscuits tout chauds à la vanille. Je suis Declan dans la cuisine et pousse un cri ravi. Les placards en bois sont un peu à l'ancienne, mais parfaitement cirés. La cuisinière et le frigo sortent tout droit des années cinquante, mais sont d'un blanc immaculé. Une assiette de biscuits est posée sur une grande table blanche. Les baies vitrées donnent sur les superbes monts Santa Catalina... et sur le gros sapin de Noël dans le patio.

— C'est celui qui était accroché au van ? demandé-je.

Il lui ressemble et fait la même taille, mais il est métamorphosé grâce à ses guirlandes lumineuses et ses boules dorées. Une pile de paquets cadeaux se trouvent à son pied.

— Le père Noël est passé, dit Allison.

Elle entre tranquillement dans la pièce, l'air ensommeillé, suivie de Laurie. Parker, Declan et lui sont tous bouche bée.

— Il a reçu un coup de main de Sélène et de M. F., dis-je. Regardez.

Je prends l'un des biscuits. Il est en forme de raton laveur, avec des perles de sucre rouges pour les yeux. Il y a une colombe, un hibou, et deux canins. L'un d'eux porte un chapeau gris. Je les distribue à tout le monde.

— Joyeux Noël à nous, dis-je en mordant dans mon biscuit.

— Joyeux Noël, ou Joyeux Solstice ? demande Allison, les yeux pétillants.

— Aucune idée. Joyeuses Saturnales ? Peu importe, du moment qu'il y a des biscuits. Et je veux ouvrir ces cadeaux après avoir fait un petit somme.

Je jette un regard à Declan et ajoute d'un ton audacieux :

— Ça ne vous dérange pas qu'on reste ici ?

Il se remet bien vite de sa surprise et répond :

— Pas du tout. Restez aussi longtemps que vous voulez.

— Super. Où est ta chambre ?

Je passe devant Allison et Laurie et longe le couloir. Il lui faut quelques instants, mais Declan m'emboîte le pas, jurant lorsqu'il se cogne à Parker.

Je souris toute seule. Visiblement, il sait lire entre les lignes.

Il me suit dans sa chambre et ferme la porte, avant d'ôter sa veste en cuir.

— Ouah, dit-il, les yeux braqués sur le grand lit double et sa couverture d'un blanc immaculé.

— Quoi ?

— Sélène m'a acheté un lit tout neuf.

Il s'approche et soulève la couette. Le matelas semble neuf, lui aussi. De gros oreillers douillets sont assortis à la couette en plumes d'oie.

J'ôte mes bottes et déboutonne mon jean.

— Ça a l'air plus confortable que le sol de la cabane dans les arbres, même si ça ne m'a pas dérangée de passer la nuit là-bas.

— Tu comptes rejouer les mères Noël sexy ?

Sa drôle d'odeur a une touche sucrée. Ça me plaît. Ça m'a plu dès que j'ai senti Declan, la première fois.

— Non, je me disais que tu pourrais jouer le père Noël, cette fois, comme ça je pourrai m'asseoir sur tes genoux.

Je fais papillonner mes cils dans une technique de drague ridicule.

Je n'ai encore jamais vu un homme se déshabiller si vite. Et je ne m'en plains pas. Son corps est superbe. Couvert de cicatrices, comme le mien, mais avec des muscles fins et bien taillés. Des poils bruns épars couvrent son torse sculpté. Il me rejoint à grands pas, me prend par la taille et me soulève.

— Ah ouais ? dit-il en me jetant sur le lit. Je veux bien jouer les pères Noël pour toi, ma belle. Dis-moi, douce Fiona, t'as été bien sage, cette année ?

Je me mets à genoux pour passer mon tee-shirt au-dessus de ma tête.

— Oh, père Noël, j'ai été très vilaine.

Declan pousse un grondement et tire sur mon jean déboutonné. D'un geste, il me l'a baissé à mi-cuisses, accompagné de ma culotte.

Il me donne une tape sur les fesses.

— Qu'est-ce qui arrive aux filles pas sages ?

L'endroit qu'il a frappé me chauffe et picote agréablement. Si quelqu'un d'autre avait osé me toucher ainsi, je lui aurais arraché la tête. Mais avec Declan, ça ressemble à un jeu. C'est une marque d'admiration. D'excitation, de désir. L'étincelle d'un silex.

— Les filles pas sages reçoivent une fessée, réponds-je en prenant appui sur les coudes pour lui tendre mes fesses.

Declan pousse un grognement sauvage et grimpe sur le lit. Ses doigts s'enfoncent dans mes cheveux, et il me masse l'arrière du crâne avant de me maintenir en place pour ma fessée. Sa main claque sur ma chair, à droite, puis à gauche, dans un rythme régulier qui échauffe ma peau.

Je halète, et le sang afflue entre mes jambes, me mettant dans tous mes états. Je désire Declan comme je n'ai jamais désiré personne : homme ou femme.

— Putain, oui ! gémis-je.

Son poing se resserre sur mes cheveux, et il tire un peu plus fort lorsqu'il glisse deux doigts entre mes jambes. Je suis trempée.

— Ça te plaît, ma féroce Fiona ?

Le mot *ma* envahit mes sens, déploie des filaments de satisfaction dans ma poitrine.

— Encore, dis-je d'un ton impérieux.

Il frappe plus fort, et mes fesses s'enflamment de la plus délicieuse des manières. Je tourne la tête pour le regarder par-dessus mon épaule.

— Continue, dis-je.

Ma voix est rauque. Sensuelle.

Les yeux de Declan prennent une lueur verte. Il s'agenouille derrière moi, lâchant mes cheveux pour me tenir les hanches. Son gland se colle à mon entrée, et il se frotte à mon clitoris, m'envoyant des frissons de plaisir le long de l'échine.

— *Maintenant*, Declan !

Je suis impatiente d'être satisfaite. Je le veux en moi. Je veux qu'il me revendique. Une seconde... qu'il me *revendique* ?

Il me pénètre, maintenant mon bassin en place.

Je frémis de plaisir. Oui. C'est ce qu'il me fallait. Tellement bon.

Tandis qu'il va et vient en moi, quelque chose change. Un sentiment d'appartenance monte en moi. Ma place est avec cet homme. Ma place est avec sa bande de marginaux en tout genre. Je suis perturbée, mais nous le sommes tous.

Mon corps réagit à ma prise de conscience, à moins que ma prise de conscience arrive en réaction à ce que vit mon corps. Je ne sais pas. Tout ce que je sais, c'est que je suis en feu, étourdie, et au bord du Nirvana.

— C'est ça, juste là, l'encouragé-je, à deux doigts de l'orgasme.

Declan s'enfonce avec plus de force, agrippé à mes hanches alors qu'il enchaîne les coups de reins. Je le sens profondément en moi, me marquer de sa chaleur.

— Oh, putain, Fiona. Je vais pas tenir longtemps.

Il y a de la crainte dans sa voix, accompagnée du grognement de son animal. Je jette un nouveau regard par-dessus mon épaule et vois ses canines luire, prêtes à mordre.

Il veut me marquer.

Et je veux qu'il me marque. Ça, c'est une surprise !

Il va et vient de plus en plus fort, de plus en plus vite, et son bassin claque sur mes fesses endolories.

— Fiona... Fiona !

Il y a une note de panique dans sa voix. Il est sur le point de jouir. Non... de me marquer.

— *Fais-le*, grondé-je.

Declan me donne un profond coup de reins, et ses dents s'enfoncent dans mon épaule. Je pousse un cri d'extase, mon propre corps en proie au plaisir. Mes muscles se contractent sur son membre alors que ma chair reçoit sa marque, son odeur, le plus beau des présents.

Un compagnon.

— Oh, putain, Fiona. Je suis désolé.

Declan ôte les dents de mon épaule et lèche ma blessure jusqu'à ce qu'elle se referme.

— J'ai pas fait exprès. J'ai perdu le contrôle. Désolé, ma belle. J'aurais pas dû...

Je coupe court à ses excuses :

— Declan. Declan, tout va bien. J'en avais envie.

Je roule sur le côté et lève les yeux vers lui.

— Et ne crois pas que tu échapperas à ma morsure, lui dis-je, même si ça ne fonctionne pas comme ça.

Les femelles ne laissent pas leur odeur sur les mâles, et les ratons laveurs ne marquent pas leurs compagnes de cette manière, de toute façon.

Mais les traits de Declan se détendent dans un sourire.

— T'es sûre ? Je suis vraiment à la ramasse. Trop pour être un bon compagnon.

— Moi aussi, dis-je en me pendant à son cou. Tu veux qu'on soit à la ramasse ensemble ?

— Carrément.

* * *

Allison

— J'ai besoin d'une douche, dis-je à Laurie une fois que Declan et Fiona ont disparu dans leur chambre.

Oui, je vois déjà cette pièce comme *leur* chambre. Je connais assez bien Fiona pour savoir qu'elle est folle de

Declan. Elle ne lui ferait pas confiance, ne le laisserait pas l'approcher ainsi si ce n'était pas son compagnon.

Et je suis certaine d'avoir trouvé le mien, moi aussi.

— J-j-je vais te montrer la salle de b-b-bains.

Laurie m'escorte le long du couloir. C'est pile ce que j'espérais. Une fois dans la salle de bains, je le prends par la main et le tire dans la pièce avec moi.

— Je ne veux pas prendre ma douche toute seule, lui dis-je.

C'est vrai, mais pas parce que je suis collante. Enfin si, j'ai envie de rester collée à lui, d'une façon purement sexuelle.

Je veux m'assurer que Laurie sache que je lui appartiens.

Je sens son trac, mais il ne bégaye pas, ne proteste pas. Il me suit à l'intérieur et ferme la porte, avant de la verrouiller. Sa pomme d'Adam tremblote tandis qu'il me regarde ôter mes vêtements un par un.

Comme il ne semble pas décidé à se déshabiller, je le fais pour lui, déboutonnant sa chemise et ôtant ses lunettes.

Il enlève son pantalon et son boxer. Il allume l'eau et tend la main pour tester la température.

— Tu as déjà fait l'amour dans l'eau ? lui demandé-je.

— Oh.

Il fait battre ses longs cils et secoue la tête.

— Moi non plus, dis-je.

Il ouvre le rideau et me tend la main pour m'aider à grimper dans la baignoire, sous le jet chaud. L'eau est délicieuse.

— C'est ma première fois, lui dis-je.

Il monte après moi.

— Ta première fois sous la douche ?

— Non, ma première fois... tout court.

Laurie se fige. Au début, je pense qu'il va paniquer, comme cela lui arrive souvent, mais c'est tout le contraire. Il semble soudain très sûr de lui.

— La douche, ce sera les préliminaires, alors, me dit-il avec autorité. Pour ta première fois, il faut que tu sois dans un lit.

— D'accord, maître, dis-je, testant le surnom sexy, juste pour voir.

Ça me plaît.

Et ça doit lui plaire aussi, car ses yeux se mettent à briller. Il prend le pain de savon et le fait rouler entre ses mains pour le faire mousser, puis il commence à me savonner de la tête aux pieds. Ses longs doigts pâles contrastent joliment avec ma peau noire.

Ses caresses sont prudentes, respectueuses. Comme si j'étais une rose qui venait d'éclore, et qu'il effleurait chaque pétale. Sa main glisse le long de mon ventre et entre mes jambes. Il glisse un doigt dans ma fente pour m'écarter.

Je renverse la tête en arrière et ferme les paupières sous le jet chaud pour savourer cette douce sensation. Le tremblement dans mes jambes. Le frémissement dans mon centre. La chaleur qui émane de chacun de mes pores.

Laurie place une main sur ma nuque et oriente mon visage vers le sien. Son baiser est maladroit, au début, puis il semble oublier ses craintes. Sa langue s'enfonce dans ma bouche, ses lèvres dansent sur les miennes, me suçotent.

Il me plaque aux carreaux frais, son membre long et épais pressé contre mon ventre. Je glisse la main autour et le serre doucement, d'abord avec hésitation, puis avec plus de détermination lorsqu'il gémit de plaisir.

Je le caresse tandis que ses doigts s'agitent entre mes jambes et qu'il m'embrasse passionnément. Mon désir me rend folle. Je gémis contre ses lèvres. La vapeur m'étourdit.

Puis soudain, l'eau est coupée, je suis dans ses bras, et il me porte hors de la baignoire. Il oublie de prendre des serviettes, alors j'en attrape une sur le portant avant qu'il nous emmène dans sa chambre.

Il pousse la porte et me porte jusqu'à un lit charmant qui ne porte pas du tout son odeur.

— Il est neuf ? demandé-je.

Je ne pense pas que Laurie ait les moyens de s'acheter une literie aussi luxueuse.

— Oui, répond-il. Ça doit être un cadeau de Sélène.

Il me pose au centre du lit, m'écarte les jambes et me donne un coup de langue.

Je me cambre, surprise par ce plaisir. J'étais déjà au bord de l'orgasme, et après quelques coups de langue supplémentaires, je jouis.

Laurie est insatiable, cependant. Il continue de me titiller avec sa langue, glissant un doigt, puis deux, en moi tout en suçant mon clitoris. Je jouis encore et encore jusqu'à avoir l'impression que mes parois sont en fusion.

Enfin, Laurie me laisse reprendre mes esprits et m'offre quelques gorgées de la bouteille d'eau près de son lit.

— Je n'ai pas de préservatifs, dit-il.

Je cligne des yeux, hébétée. Les métamorphes n'ont pas de maladies sexuellement transmissibles. Oh.

Oh.

La contraception.

Je fais glisser ma paume sur son torse, puis je tire son corps sur le mien.

— Fais-moi un petit hibou, ordonné-je.

Des plumes volent dans toutes les directions. En appui sur les coudes, Laurie m'embrasse avec férocité. Pendant que nos langues se mêlent, il s'enfonce lentement en moi.

Je m'agrippe à ses fesses pour qu'il me pénètre encore

plus profondément. Si j'avais su que le sexe, c'était aussi chouette, j'aurais tenté le coup bien avant.

Non, ce n'est pas vrai.

J'attendais Laurie. Personne d'autre n'aurait su rendre ce moment parfait. Magique. Authentique.

Je vois les yeux de Laurie s'arrondir et devenir plus lumineux. Nous nous mouvons ensemble, à présent. Nous ne formons plus qu'un. Nos corps ondulent au même rythme, pour atteindre le même sommet. Le plaisir monte et monte.

L'extase nous surprend en même temps.

Je pousse un cri de jouissance. Des plumes - de hibou et de colombe - volent dans tous les sens. Derrière Laurie, je vois des ailes irisées se déployer.

Je sens mes propres ailes poindre sous mon dos.

Laurie pousse un cri. Ses lèvres s'écrasent sur les miennes, et il continue d'aller et venir tout au long de nos orgasmes jusqu'à ce que nous bougions lentement à l'unisson, nos souffles mêlés, nos cœurs grands ouverts.

Une sensation de brûlure entre mes sourcils m'informe que l'accouplement est complet. Je suis marquée à jamais par une plume de hibou.

Laurie nous fait rouler sur le flanc, face à face. Il me caresse la pommette du bout des doigts.

— Tu es mienne, me dit-il d'un ton émerveillé.

Je lui souris.

— Compagnons. Pour toujours.

— Je croyais que j'étais trop brisé pour m'accoupler.

Je trace les contours de ses sourcils expressifs.

— Tu sais, parfois on trouve quelqu'un dont les pièces cassées s'imbriquent parfaitement avec les nôtres.

— Comme un puzzle, dit-il d'un ton songeur.

— Non, on est complets chacun de notre côté. Mais

parfois, on a tendance à l'oublier. Pour s'en apercevoir, il suffit de trouver quelqu'un qui nous le rappelle.

— Tu *es* complète. Et superbe. Je n'arrive pas à croire que tu veuilles être mienne.

— Je suis tienne.

Je touche la zone entre mes sourcils qui le prouve.

Il se hisse sur un coude.

— Mais c'est ce que tu veux ?

Idiot de hibou.

— Bien sûr que c'est ce que je veux. La vie est trop courte pour ne pas être avec celui qu'on aime.

Chapitre Treize

P*arker*

Après une longue sieste, nous déballons les cadeaux.

Il y a un jambon entier pour Declan, et un chapeau neuf pour Parker. Des lunettes de vue et de soleil pour Laurie, avec des montures chics et sexy. Des vêtements et des produits pour les cheveux pour Fiona et Allison. Et de petites sculptures en bois de chacun de nos animaux de la part des « Frères de Bad Bear Mountain ».

Il y a aussi des paniers remplis de victuailles, et un kit pour faire des grillades. Des coussins pour les meubles de jardin et une mangeoire à oiseaux à suspendre à la fenêtre de notre cuisine. Une bonne idée, car la simple présence d'Allison a démultiplié le nombre d'oiseaux dans les environs.

— Un vrai trésor de Noël, dit Fiona.

Elle se frotte les mains, et j'imagine son raton laveur faire de même.

— Ce n'est pas Noël, dis-je. C'est le solstice. Et c'est Sélène qui nous a offert tout ça, alors qu'elle et Lucius fêtent les Saturnales. Alors qu'est-ce qu'on célèbre, au juste ?

— Toutes les fêtes, répond Declan.

— Toutes les fêtes ?

— Ouais. Pourquoi pas ?

— Portons un toast ! s'exclame Fiona. Allez, trouvez la magie de Noël !

— La magie de Noël ? répète Declan en redressant son chapeau rouge à pompon blanc. La magie de Noël, elle me sort par le derrière.

— J-j-je t'avais dit de pas b-b-boire ce lait de poule, commente Laurie.

Allison glousse, et je secoue la tête tout en levant mon verre.

— À la famille. À Sélène et à notre victoire contre ces abrutis de vampires.

— À l'amour, à l'amitié et au fait d'avoir réussi à trouver des gens aussi bizarres que nous, renchérit Fiona.

— Je veux bien boire à ça, dit Declan en levant son verre.

— Ce ne sont peut-être pas nos similitudes qui nous unissent. Peut-être que ce sont nos différences qui nous rapprochent, dis-je d'un ton songeur.

— Similitudes, différences, peu importe. T'es mon frère, Parker, déclare Declan.

— Toi aussi, tu es mon frère. Agaçant, toujours à boire mon meilleur whisky, à finir les céréales et à ranger la boîte vide dans le placard au lieu de la jeter.

— Ouais. C'est tout moi.

— Tais-toi et bois, grondé-je.

— Ah là là, Parker, tu me fais chaud au palpitant avec ton discours, me dit Declan avec un sourire sardonique.

— Au palpitant, répète Fiona en ricanant.

— Par le Destin, on en a deux comme lui, maintenant, grogné-je.

— Attends, dit Laurie en me donnant un énorme panier cadeau. Celui-là est p-p-pour toi.

Je défais le nœud et enlève l'emballage en cellophane. À l'intérieur, je trouve un masque occultant pour les yeux, de la lotion au magnésium, du parfum de lit à la lavande, et un oreiller de corps douillet.

Je lis la carte incluse à voix haute.

— Pour Parker. Le nouveau lit double devrait être plus confortable que ton vieux fauteuil. Fais de beaux rêves.

Je déglutis.

— Comment elle a su que j'avais du mal à dormir ?

— Les voies du seigneur vampire sont impénétrables, dit Declan.

Je renifle le panier cadeau. Il n'y a que l'odeur de Sélène, Dieu merci. Si le Roi Lucius avait laissé son fumet partout, mon animal en aurait fait des cauchemars pendant des semaines.

— J'ai une annonce à faire, dit Fiona. Les choses ont évolué depuis qu'on est rentrés...

— Tu m'étonnes, coupé-je avec un regard entendu.

Une marque rouge dépasse du col de Declan, et le cou de Laurie est couvert de marques de bec.

Les joues pâles de Fiona s'empourprent.

— Ouais, Declan et moi, on est compagnons, maintenant.

— Laurie et moi aussi, dit Allison.

— C'est pas trop tôt, s'exclame Declan en donnant une tape dans le dos de notre ami, et quelques plumes minuscules volent jusqu'au plafond.

— Tu es coincé avec nous, me dit Fiona avec un grand sourire.

— Bienvenue dans la famille.

J'étreins Fiona et Allison. Je n'aurais jamais imaginé une chose pareille, il y a quelques jours.

— Dire que si le roi ne nous avait pas tous envoyés en mission, on ne serait pas ensemble en ce moment même, dit Fiona.

— On croirait presque qu'il l'a fait exprès, commente Allison.

Je regarde Declan et Laurie avec de grands yeux, et ils se figent. Le roi des vampires... un entremetteur ? C'est une idée effrayante.

Ni Fiona ni Allison ne semblent remarquer nos airs troublés.

— Allez, mon grand, allons faire du feu ! lance Fiona en traînant Declan vers la porte.

— Allez, les amoureux, je m'en vais. J'ai un rencard avec un matelas, dis-je, si heureux que je pourrais faire quelques pas de danse.

Laurie enlace Allison.

— B-b-bonne idée.

Je hausse les épaules.

— C'est la nuit la plus longue de l'année.

— Fais de beaux rêves, me dit Allison en agitant la main.

Je soulève mon chapeau dans leur direction et m'éclipse.

* * *

La nuit tombe vite, lors de la journée la plus courte de l'année. Mais dans une maisonnette au pied des monts Santa Catalina, les ténèbres n'entament pas la magie des fêtes.

Dans le jardin, sous le sapin illuminé, Fiona et Declan se réchauffent les mains au-dessus d'un feu de camp improvisé et rient en partageant une flasque.

Au-dessus d'eux, sur le toit, un hibou gigantesque prend une colombe plus petite sous son aile. La colombe porte désormais la marque d'une plume de hibou entre les yeux, signe qu'elle a été revendiquée.

Et dans sa chambre, enveloppé par l'odeur soporifique de la lavande, Parker est au fond de son lit, blotti contre son oreiller, et il respire calmement, plongé dans un sommeil sans rêves.

Fin

Joyeuses Fêtes de la part de Renee et Lee ! Merci d'avoir lu nos romans sur les Alphas Bad Boys. Il y en aura beaucoup d'autres ces prochaines années, y compris une série avec tous les frères de Bad Bear Mountain.

Le soutien de nos lectrices et lecteurs compte plus que tout à nos yeux. Vous êtes merveilleux !

<3
Renee et Lee

Les Loups-Garous de Wall Street
Grand Méchant Patron

Minuit
de Renee Rose et Lee Savino

Bienvenue *à Wall Street, où les loups-garous vous dévoreront toute crue.*

Chapitre Un

Madi

Harvard me court après. Yale m'a acceptée. Même ma fac d'origine, Princeton, dit qu'elle est prête à m'accueillir pour un Master. Mais poursuivre mes études supérieures alors que mon frère envisage d'abandonner les siennes serait déraisonnable, surtout quand les relations que je me suis faites à Princeton me permettent de trouver un boulot avec un salaire à six chiffres à Wall Street et de financer les études de mon frère.

La salle d'attente du bâtiment des ressources humaines

de MoonCo est pleine à craquer de jeunes professionnels à l'air compétent qui semblent prêts à me poignarder.

J'ai déjà passé une batterie de tests à l'écrit, y compris les mots croisés du *New York Times* d'aujourd'hui, que j'ai mis moins d'une minute à terminer, vu que je les avais déjà résolus dans le métro qui m'a conduite à Manhattan.

Je porte la tenue idéale pour le poste. J'ai sorti ma robe bleue préférée du fond de mon placard, et je l'ai rendue encore plus chic en l'associant à un blazer, choisi quand j'ai reçu cette proposition d'entretien douze heures après la lettre refusant une bourse d'études à mon frère.

Lorsque mon nom est appelé, je lisse ma veste et me tiens bien droite, prête à assurer. Les escarpins que je porte me font un mal de chien, même si aux yeux des autres prétendants au poste, je suis aussi à l'aise que sur un podium. Une assistante, sans doute éduquée à Harvard, me guide jusqu'à la salle d'entretien de MoonCo.

— Madison Evans, c'est ça ? Je suis Geneviève Small, vice-présidente des ressources humaines.

— Enchantée de vous rencontrer, Mme Small, dis-je en pénétrant dans la salle de réunion.

Je lui donne une poignée de main ni trop ferme, ni trop molle, et je m'assois. Bosser à Wall Street n'a jamais été mon rêve. Plutôt un anti-rêve. Alors je parviens à traverser la pièce avec assurance et professionnalisme, et sans une once du trac que les autres candidats tentent de dissimuler.

— Vous venez d'obtenir un diplôme à Princeton avec les honneurs, dit Geneviève en consultant le dossier que lui a donné son assistante.

— Oui.

Je n'en dis pas plus. Ça fait partie de mon jeu de pouvoir. Je répondrai aux questions, mais je ne chercherai pas à me vendre à tout prix.

— Vous avez fréquenté Landhower.

Elle fait référence à mon lycée privé pour gosses de riches. Celui que j'ai seulement pu me permettre grâce à un *donateur anonyme* - sans doute mon père anonyme.

— Moi aussi, je suis passée par ce lycée.

Je le savais déjà, car j'ai bien fait mes devoirs, mais cela m'aidera sûrement à décrocher le poste. C'est comme ça que les riches fonctionnent. Elle me prend pour l'une des leurs : la fine fleur de Manhattan. Elle ne sait pas que tous les gamins et presque tous les professeurs de Landhower me snobaient parce qu'ils savaient que je n'y étais pas à ma place. J'ai beau avoir l'intelligence qu'il faut, je n'ai jamais eu le bon pedigree. Ou en tout cas, pas un pedigree officiel, grâce à mon bon à rien de père.

Peu importe.

— Allez les Requins ! dis-je, scandant la devise de notre école avec un demi-sourire pour masquer mon ton ironique.

Elle n'est pas stupide. Elle plisse légèrement les yeux en me dévisageant, comme si elle tentait de déterminer si je me foutais d'elle. Je prends une expression un peu plus aimable.

J'ai réellement besoin de ce boulot.

Je suis sûre que cette femme est comme les snobinardes coincées de ma classe, au lycée. Celles qui sortaient avec les joueurs de crosse et qui conduisaient des voitures décapotables rouges offertes par leurs parents. Celles qui après un regard sur mon sac à dos élimé et mes Converses, me faisaient comprendre qu'elles savaient bien que la seule raison de ma présence parmi elles, c'était le job de ma mère dans l'établissement.

— Vous postulez à une place d'assistante pour un membre de la direction. Ce travail est intense et requiert de se forger une cuirasse, d'être vif d'esprit et méticuleux.

Chaque instruction ne vous sera donnée qu'une fois ; pour le reste, vous devrez prendre des initiatives.

— D'accord, dis-je d'un air faussement nonchalant.

— Il y aura peut-être des heures supplémentaires et des déplacements à prévoir. En gros, vous devrez être sur le qui-vive en permanence. Ce n'est pas un poste compatible avec des obligations familiales ou une vie sociale très riche. Vous n'aurez pas beaucoup de temps libre.

— Ce n'est pas un problème.

— Dites-moi ce que vous avez fait pour préparer cet entretien.

Je la regarde droit dans les yeux.

— J'ai fait des recherches sur chaque membre de l'équipe de direction, à commencer par le PDG, Brick Blackthroat, et en finissant par vous. J'ai cherché tout ce qui pouvait me renseigner sur l'environnement professionnel auquel je pouvais m'attendre, ainsi que nos points communs éventuels, comme notre ancien lycée.

Elle plisse de nouveau les yeux, comme si elle doutait soudain que je sois passée par Landhower.

— Qui était votre professeur préféré, à Landhower ?

— Le Dr Anderson, le prof d'anglais et de débats, réponds-je sans hésitation. Il m'a appris à réfléchir par moi-même et à défendre mes idées, même lorsque personne ne les partage.

— Et à Princeton ?

— Le Dr Brown, sociologie. Elle m'a appris à aborder un problème sous tous ses angles.

— Ah, oui. J'ai reçu un message vocal du Dr Brown, qui vous recommandait pour ce poste.

Je lui ai demandé de me rendre ce service hier soir. Juste après avoir promis à ma mère de trouver un moyen pour payer les études de Brayden.

Geneviève Small jette un regard à son dossier.

— Votre CV mentionne que vous avez été acceptée par Harvard et Yale pour continuer vos études, mais que vous avez décidé de ne pas donner suite. Pourquoi cela ?

— Honnêtement ? Mon petit frère n'a pas obtenu la bourse d'études que nous espérions, et il faut que je l'aide. En plus, les salles de classe m'ennuyaient. Je suis prête pour quelque chose de plus palpitant et exigeant, comme Wall Street.

Elle hausse un sourcil et me jette un regard scrutateur, comme si elle cherchait à déterminer si je disais la vérité.

La première partie est vraie. La deuxième, seulement ce que j'espère qu'elle veut entendre.

— Comment gérez-vous les personnalités tyranniques, au travail ?

— Je pose des limites claires, et je ne me fâche jamais. Je ne crois pas qu'il faille répliquer, je préfère esquiver, réponds-je avec un sourire mutin.

Elle ne laisse rien transparaître.

— Quel est le résultat de 3 puissance 12 ?

Je fais un rapide calcul de tête.

— Bon, 3 puissance 12 pourrait être réduit à 3 puissance 4 puissance 3. 3 puissance 4 nous donne 81. 81 au carré fait, euh... 80 au carré plus 80, plus 80 plus 1, égalent... 6561. Et ensuite, il faudrait que je multiplie ce nombre par 81. Argh. Vous voulez un nombre exact, ou une estimation ?

— Poursuivez.

— Très bien... Je le découperais en 6560 plus 1 fois 80 plus 1, ce qui donnerait 6560 fois 80 plus 6560 plus 80 plus 1. Donc, 656 fois 8 égal, euh... 5248. On ajoute deux zéros, plus 6560, plus 80, plus 1. Ça fait, euh, 531 441.

Je souffle.

— Mais en temps normal, je me servirais sans doute d'une calculatrice, ajouté-je.

Je serre les genoux, prête à ce qu'elle me demande de compter le nombre de fenêtres de New York ou un autre problème insensé, mais elle semble satisfaite.

— Si vous décrochez ce poste, vous réalisez que vous devrez commencer dès demain matin, n'est-ce pas ?

Je hoche la tête.

— Oui. On me l'a dit lorsqu'on m'a rappelée pour l'entretien. Commencer demain n'est pas un problème.

— Bien.

Elle se lève, marquant la fin de l'entrevue.

— Quand aurai-je la réponse ?

Elle jette un coup d'œil à son téléphone.

— Avant minuit.

— Minuit. D'accord. Disponibilité permanente. Je vois.

— Je vais être honnête avec vous, la description de poste a beau sembler en dessous de vos compétences, c'est la fonction que j'ai le plus de mal à pourvoir de façon durable.

— Le patron est exigeant ? demandé-je calmement.

— Très.

Je vois une lueur d'humanité en elle, comme si nous forgions déjà des liens à cause de son connard de chef. Je me demande s'il s'agit du beau, mais notoirement cruel Brick Blackthroat, le PDG.

Eh bien, j'ai connu un paquet de connards. Pour Brayden, je suis prête à tout subir. Il mérite d'avoir accès à la meilleure des éducations, comme moi.

— Aucun assistant n'a encore tenu plus de trois mois, me confie Geneviève Small.

— Je suis prête à relever le défi, affirmé-je.

Elle se lève et me serre froidement la main.

— Croyez-moi, vous n'êtes pas prête du tout.

Chapitre Deux

B*rick*

La vue depuis le bureau directorial chez MoonCo donnerait le tournis à un homme moins aguerri, à un humain. Le gratte-ciel est tellement haut qu'il se balance avec le vent. Mais c'est le prix à payer, quand on veut se retrouver au-dessus de tout et avoir Manhattan à ses pieds.

Là-haut, il est aisé d'oublier que l'on est mortel. Il est facile de se prendre pour un dieu.

Une ombre apparaît sur la vitre lorsque Billy, mon bras droit, se place à mes côtés.

— On y est presque, me dit-il à voix basse.

Je sais qu'il fait référence au serment que nous nous sommes fait il y a des années, dans notre dortoir à la fac, le pire jour de ma vie. Le jour où mon père a été assassiné et où nos ennemis ont détruit tout ce qu'il avait construit.

— Presque, grondé-je.

Nous fixons tous les deux du regard l'immeuble en face de nous. L'immeuble que nos ennemis ont bâti pour nous narguer.

— On touche au but, insiste-t-il en me donnant une tape sur l'épaule. Les Aduwulf ne vont rien voir venir.

Je pivote et prends place en tête de table. Billy va ouvrir la porte pour annoncer le début de la réunion. Les autres membres de l'équipe de direction commencent à entrer.

C'est là que je la remarque. Une douce odeur, fraîche et citronnée, mais aussi complexe que la noix de muscade. À s'en lécher les babines.

J'ai bien envie d'exploser. Le parfum et l'eau de Cologne sont interdits sur notre lieu de travail. C'est stipulé noir sur blanc sur le manuel de bienvenue, pratiquement dès la première page. Billy prend un malin plaisir à renvoyer les nouveaux venus qui l'oublient.

Mais il ne s'agit pas de parfum. C'est l'odeur naturelle de quelqu'un. Mais qui ?

Là, près de l'ascenseur.

La Nouvelle.

J'ai renvoyé ma secrétaire vendredi, ce qui signifie que son assistante, Indira, a grimpé un échelon, et qu'une jeune diplômée avec des étoiles plein les yeux vient de remplacer cette dernière.

Une jeune femme observe froidement la pièce. Elle ressemble à n'importe quelle assistante. Jeune, professionnelle. Elle a un carré court et brun ainsi que des lèvres rouge vif.

Mais son odeur... je la hume et savoure ses notes olfactives.

Noix de muscade et agrumes. Une pointe de quelque chose d'exotique, peut-être, comme de l'encens.

— Qui c'est ? demande Billy.

Il se laisse tomber dans sa chaise et se penche en arrière pour la faire tenir en équilibre sur deux pieds, un exploit dont aucun humain ne serait capable. Face à mon regard meurtrier, il laisse retomber sa chaise dans un bruit sourd.

— La nouvelle secrétaire de ta secrétaire ?

Il était là quand j'ai viré l'ancienne. J'enchaîne les assistantes comme Billy enchaîne les plans cul.

— Sans doute, réponds-je.

— Tu veux que je la fasse venir ? me demande-t-il.

— Oui.

En temps normal, je dirais non. En temps normal, je ne lui adresserais pas la parole avant d'avoir besoin de quelque chose. Mais je veux étudier cette odeur de plus près.

Billy jette un regard à Indira et montre La Nouvelle du doigt. Il agite l'index, comme s'il était agacé qu'Indira ne soit pas déjà venue la présenter. Il est presque aussi doué que moi pour faire trembler les employés.

La Nouvelle ne semble pas effrayée, cependant. Je la regarde suivre Indira à travers la pièce. Dès que son odeur me frappe de plein fouet, j'ai envie de la lécher de la tête au clitoris.

Drôle de réaction, face à une humaine.

Elle n'est même pas agréable à regarder. Enfin, elle est jolie, mais elle n'a aucune douceur ou souplesse. Quelque chose dans son port de tête, dans son menton haut, dans son assurance quand je lui jette un retard noir, me donne l'impression qu'elle en veut au monde entier. Dans dix ans, elle ressemblera à l'une de ces femmes d'affaires implacables. Un bourreau de travail capable de régner sur n'importe quel bureau. J'emploie plusieurs femmes comme elle. Il faut être forte, pour réussir dans ce milieu.

Elle me dévisage en retour, tout en parvenant à sembler respectueuse et attentive, mais dénuée de peur, bien qu'il s'agisse de son premier jour.

Une part de moi a envie de lui passer un savon immédiatement. Surtout que je l'ai entendue murmurer à Indira « Alors c'est lui le Grand Méchant Patron ? » avant d'entrer. Bien sûr, elle ne pouvait pas deviner qu'aucune conversation tenue à cet étage n'échappe à mon ouïe.

Plus elle approche, plus son odeur m'enivre. Elle est trop agréable pour que j'aie envie d'attaquer. Par le Destin, pourquoi est-ce que j'ai une érection ?

Je me lève.

— Vous êtes ?

— M. Blackthroat, je vous présente... commence Indira.

— Madison Evans, complète La Nouvelle.

Elle me tend la main et affronte mon regard sans broncher. Je n'y lis pas de lueur de défi, seulement de l'attention. Elle me décrypte. J'aimerais avoir quelque chose à critiquer, mais je ne trouve rien. La Nouvelle est un parfait mélange d'assurance et d'humilité. Ni effrontée, ni intimidée. C'est agaçant, mais son attitude a quelque chose de terriblement séduisant.

Je la déteste déjà. J'accepte sa poignée de main. Elle a la peau douce. Sans savoir pourquoi, je me mets à penser que désormais, j'aurai son odeur sur ma paume. Non que je compte la renifler plus tard.

— Les gens m'appellent Madi, ajoute-t-elle.

— Je vous appellerai Madison, *si* je me souviens de votre nom. Je m'attends à ce que vous répondiez à Assistante, Secrétaire, La Nouvelle ou n'importe quelle épithète qui me viendra sur le moment.

Je lui lâche la main. Loin d'être choquée, je vois une note d'amusement dans son expression.

— Je répondrai à tous ces noms, m'assure-t-elle en inclinant la tête.

— Bien. Maintenant, prenez nos commandes de café.

Je hausse un sourcil, comme si je lui reprochais de ne

pas avoir anticipé ma demande, bien qu'il s'agisse de son premier jour. Je me tourne vers Indira et demande :

— Où sont les rapports financiers ?

***

Je hais mon patron.

Le magnat de Wall Street est un con. Un véritable alpha-bruti.

Beau à se damner, mais bourré de défauts.

Le genre d'homme jamais content, aimable comme une porte de prison et riche comme Crésus.

J'en ai connu, des brutes dans son genre, à la fac, alors il ne me fait pas peur.

Ce qui m'inquiète, c'est mon attirance pour lui. Le fait que j'aime argumenter avec lui.

Nos luttes verbales. Son expression insondable ensuite.

Cet homme est le danger incarné, sous une grosse dose de pouvoir,

et j'ai de plus en plus de mal à lui résister.

Je hais ma nouvelle assistante.

Je les déteste toujours, mais avec elle, ma haine est différente. Tortueuse.

Elle est brillante, ultra-compétente et insolente.

Et cette petite humaine a l'odeur de la tentation. La pire qui soit.

Elle a un style redoutable, et je risque d'être sa première victime.

Un de ces jours, elle me poussera à bout.

Et elle ne réalise pas ce qui arrive

quand on jette un loup alpha sur sa proie.

Minuit est le premier tome de la trilogie *Grand Méchant Patron*. Ce roman met en vedette un loup-garou milliardaire et hargneux et son assistante incroyablement intelligente.

Pré commandez maintenant

Pré commandez maintenant

Livre gratuit - La Vierge et le Vampire

Abonnez-vous à la newsletter de Renee e Lee

Abonnez-vous à la newsletter de Midnight Romance pour recevoir livre gratuit, des scènes bonus gratuites et pour être avertie de ses nouvelles parutions ! https://dl.book funnel.com/5p8orhhczq

Livre gratuit de Renee Rose

Abonnez-vous à la newsletter de Renee

Abonnez-vous à la newsletter de Renee pour recevoir livre gratuit, des scènes bonus gratuites et pour être averti·e de ses nouvelles parutions !

https://BookHip.com/QQAPBW

Ouvrages de Renee Rose parus en français

www.reneeroseromance.com/francaise/

Alpha Bad Boys

La Tentation de l'Alpha

Le Danger de l'Alpha

Le Trophée de l'Alpha

Le Défi de l'Alpha

L'Obsession de l'Alpha

L'Amour dans l'ascenseur (Histoire bonus de La Tentation de l'Alpha)

Le Désir de l'Alpha

La Guerre de l'Alpha

La Mission de l'Alpha

Le Fleau de l'Alpha

Le Secret de l'Alpha

La Proie de l'Alpha

Le Sang de l'Alpha

Le Soleil de l'Alpha

La Lune de l'Alpha

La Serment de l'Alpha

La Vengeance de l'Alpha

Dompte-Moi
Son Maître Royal
Oui, Docteur
Son Maître Russe
Son Maître Marine
Soumise à leur Punition
Son Maître Pompier
Son Maître Cuistot

La Bratva de Chicago
Prélude
Le Directeur
Le Stratège
Possédée
L'Homme de Main
Le Soldat
Le Hacker
Le Bookmaker
Le Nettoyeur
Le Coureur
Le Gardien

Les Nuits de Vegas
Roi de carreau
Atout cœur
Valet de pique
As de cœur
Joker Mortel
Dame de trèfle
Cartes sur Table

Bonne pioche

Alpha des montagnes

Le héros
Rebel
Le guerrier

Série Chicago Sin

Nid de Péché
Ancré dans le Péché

Lycée Wolf Ridge

Brute Alpha
Chevalier Alpha
Alpha par Alliance

Le Ranch des Loups

Brut
Fauve
Féral
Sauvage
Féroce
Impitoyable

Deux Marques

Indomptée (libre)
Tentée
Désirée
Séduite

Maîtres Zandiens

Son Esclave Humaine

Sa Prisonnière Humaine
Le Dressage de Son Humaine
Sa Rebelle Humaine
Sa Vassale Humaine
Son Compagnon et Maître
Animal de Compagnie Zandien
Sa Possession Humaine

Les Épouses Zandiennes

La Nuit des Zandiens
Achetée par les Zandiens
Dominée par les Zandiens

Toujours par Lee Savino

Romance paranormale

La Saga des Berserkers

Vendue aux Berserkers

Rien ne pourra empêcher ces féroces guerriers de revendiquer leur compagne.

Alpha Bad Boys

Le Tentation de l'Alpha avec Renee Rose

Mon loup veut la marquer et en faire sa compagne, mais elle est humaine et délicate : elle ne survivrait pas à une morsure de métamorphe.

Romance et science-fiction

Exilés sur la Planète-Prison

La Compagne des Draekons avec Lili Zander

Une romance extrarrestre à trois

Un vaisseau spatial écrasé. Une planète-prison. Deux imposants extraterrestres bronzés qui se transforment en dragons. Le mieux dans tout ça ? Les dragons prétendent que je suis leur compagne.

* * *

Romance contemporaine

Bad Boy Royal

Je ne suis pas du tout en train de tomber amoureuse de mon arrogant et agaçant dieu du sexe de patron. Non. Absolument pas.

Royally Fake Fiancé

Le duc de Nouvelle-Arcadie a un problème d'image que seule une fiancée peut régler. Et je suis la petite veinarde qu'il a choisie pour jouer les Cendrillons.

La belle & les bûcherons

Après cette saison au camp des bûcherons, j'arrête complètement de baiser. Parce que : j'ai mes raisons.

Papa à moi

Mon héros marin sexy veut que je l'appelle « papa »...

L'innocence brisée

Innocence avec Stasia Black

Une romance sombre de mafia

Je suis le roi des bas-fonds du crime.

Elle est à moi, et je ne la laisserai jamais partir.

Captive du milliardaire

La Belle et sa Bête avec Stasia Black

Une romance interdite

Elle expiera les péchés de sa famille... pour toujours.

Elle est la Belle, et je suis la Bête.

À propos de Renee Rose

RENEE ROSE, AUTEURE DE BEST-SELLERS D'APRÈS USA TODAY, adore les héros alpha dominants qui ne mâchent pas leurs mots ! Elle a vendu plus d'un million d'exemplaires de romans d'amour torrides, plus ou moins coquins (surtout plus). Ses livres ont figuré dans les catégories « Happily Ever After » et « Popsugar » de USA Today. Nommée *Meilleur nouvel auteur érotique* par Eroticon USA en 2013, elle a aussi remporté le prix d'*Auteur favori de science-fiction et d'anthologie* de Spunky and Sassy, e celui de *Meilleur roman historique* de The Romance Reviews. Elle a fait partie de la liste des meilleures ventes de USA Today sept fois avec ses livres Wolf Ranch et plusieurs anthologies.

Abonnez-vous à la newsletter de Renee pour recevoir des scènes bonus gratuites et pour être avertie de ses nouvelles parutions!
https://www.subscribepage.com/reneerosefr

À propos de Lee Savino

Lee Savino a l'intention de conquérir le monde, mais la plupart du temps, elle n'arrive même pas à trouver ses clés ou son téléphone, alors elle préfère encore rester chez elle et écrire des romances smexy (smart + sexy). Elle adore le chocolat, passe sa vie en pantalon de yoga et porte les chapeaux comme personne.

Pour de bonnes tranches de rigolade, rejoignez son groupe sur Facebook en anglais, Goddess Group, ou rendez-vous sur **https://geni.us/BredBerserkerFR** pour vous inscrire à sa news-letter et recevoir un livre gratuit.

Site web : www.leesavino.com
Facebook Goddess Group :
https://www.facebook.com/groups/LeeSavino/